Sie haben ein schönes Gesicht – Ich möchte Sie malen

Bernd Bierbaum

Sie haben ein schönes Gesicht – ich möchte Sie malen

Begegnungen mit berühmten Pariser Liebespaaren

Bibliografische Information der Deutschen Nationalbibliothek:
Die Deutsche Nationalbibliothek verzeichnet diese Publikation
in der Deutschen Nationalbibliografie;
detaillierte bibliografische Daten sind im Internet über
http://dnb.d-nb.de abrufbar.

Überarbeitete und aktualisierte Neuauflage 2014
Zeichnungen: Christoph Herbig
Titelfoto: Malereien am ehemaligen Wohnhaus von Serge Gainsbourg
Coverdesign: Mark Bolton
Alle Fotos vom Autor, bis auf Seite 32, 37, 42 (Shutterstock)
Satz, Herstellung und Verlag:
BoD – Books on Demand GmbH

ISBN: 978-3-7357-9945-6

INHALTSVERZEICHNIS

L'ENTRÉE. 7

1. DIE WEITE WELT DER LIEBE. 11

2. DIE LIEBE IN WORTEN –
   ABAELARD UND HELOISE. 15

3. DAS ROMANTISCHE IDEAL DER LIEBE IM SPÄTEN
   MITTELALTER: NOTRE DAME UND DIE DAME
   MIT DEM EINHORN. 21

4. LIEBE AUS RÄSON: HENRI IV UND
   MARIA VON MEDICI 31

5. AUSSCHWEIFEND UND DELIKAT:
   DIE LIEBE IM ROKOKO 39

6. LIEBE ZU ZEITEN DER REVOLUTION UND
   WÄHREND DES KAISERREICHS: JOSÉPHINE
   UND NAPOLEON BEI DAVID. AMOR
   UND PSYCHE BEI ANTONIO CANOVA 47

7. DREIECKSBEZIEHUNG:
   RODINS „DER KUSS" UND CAMILLE CLAUDEL . 55

8. DIE FLÜCHTIGE LIEBE: DIE TANZENDEN VOM
   MOULIN DE LA GALETTE
   BEI AUGUSTE RENOIR. 63

9. DIE FARBE DER LIEBE: MARC CHAGALL
UND BELLA. 69

10. PABLO RUIZ PICASSO 73

11. DOINEAUS KUSS VOR DEM HÔTEL DE VILLE
ODER DIE LIEBE DES AUGENBLICKS 79

12. UND ICH LIEBE DICH ... EBENSO WENIG.
SERGE GAINSBOURG UND BRIGITTE BARDOT . 83

13. UND WIE GEHT ES
DER LIEBE HEUTE?. 87

14. DIE ANNÄHERUNG – ANHANG 91
A) WO MAN IN PARIS BERÜHMTE
LIEBESPAARE FINDET. 91
B) WELCHE METHODE DER ANNÄHERUNG
DIE BESTE IST 95
C) PARIS IM FILM. 101
D) DIE BESTE JAHRESZEIT 104
E) EINIGE ADRESSEN 106

L'ENTRÉE

Why do I love Paris? Because my love is here. She is there, she is everywhere, but she is really here.

„I love Paris" gesungen von Frank Sinatra

Ich entdeckte meine Liebe für Paris erst über Umwege – in Brasilien. Eines Tages stand eine Frau vor mir, in einer von pausbäckigen afrikanischen Engeln und Putten dekorierten winzigen Landkirche im Hinterland des Bundesstaates Minas Gerais.

Wie sich später, im Gras vor der Kirche sitzend, herausstellte, lebte sie in Paris. In den folgenden Monaten besuchte ich sie einige Male in ihrer Stadt. Sie trank viel Rotwein, rauchte und philosophierte stundenlang in Cafés über Gott und die Welt. Auch bei Abendessen mit Freunden war sie in ihrem Element. Ich verstand von dem, was bei diesen Treffen diskutiert wurde, nur wenig, was nicht allein auf meine damals bescheidenen Französischkenntnisse zurückzuführen war.

Ich begann zu dieser Zeit ein anderes Paris, fernab der Boulevards und Postkartenbilder, zu entdecken. In versteckten Winkeln der Quartiers sah ich Menschen, über die ich mehr wissen wollte und mit denen ich gerne ins Gespräch gekommen wäre. Das Viertel La Goutte d'Or am Fuße des Montmartre erweckte dabei meine besondere Aufmerksamkeit. Dort sah ich Männer, die Süßkartoffeln kauften und Fisch von der Küste Westafrikas. Dort trugen Frauen, in bunte Tücher gehüllt, Kinder auf dem Rücken. Ich erlebte, wie abends bei den Kabylen auf den Tischen getanzt wurde, wie die Kameruneser Eintopf kochten, wie in alternativen Kneipen existentialistische Theaterstücke aufgeführt wurden und wie in einer alten Mühle Mönche buddhistische Gesänge anstimmten.

Und kaum hatte ich eine kleine Wohnung gefunden, begann mir Ali, ein Tunesier, der vor dem Haus einen Gemischtwarenladen betrieb, Französisch beizubringen.

Ich hatte mich für Paris entschieden, wobei ich mich der Stadt vom marginalisierten, kosmopolitischen Rande her näherte. Was ich nicht ahnen konnte, war, dass wenige Monate später politische Ereignisse ausgerechnet „mein" Quartier ins Zentrum des öffentlichen Interesse rücken sollten. Vorausgegangen waren neue Ausländergesetze, die es dem Staat ermöglichten, Migranten abzuschieben. Kurz nachdem der Pfarrer der Gemeinde Saint-Bernard in La Goutte d'Or den Betroffenen das Kirchenasyl angeboten hatte, eskalierte die Situation. Am 23. August 1996 wurde mit einem Beil die verschlossene Kirchentür zerstrümmert, bevor 1500 Polizisten der Bereitschaftspolizei CRS unter dem Einsatz von Tränengas in die Kirche drangen um 142 Erwachsene und 68 Kinder aus der Kirche zu schleppen.

Ich war mitten in einer kleinen Revolution, sah Angst, Hass und Gewalt, spürte in öffentlichen Veranstaltungen und Diskussionen aber auch einen Hauch von Gleichheit, Brüderlichkeit und Freiheit. Das Frankreich dieser Jahre, in dem Franzosen und Migranten gemeinsam versuchten Lösungen für Konflikte zu finden, öffnete mir den Blick auf die französische Vergangenheit, die mir vorher fremd geblieben war. Nun erlebte ich, wie diese Geschichte lebendig wurde. Als zwei Jahre später eine multiethnische französische Fussballnationalmannschaft im eigenen Land den Weltmeistertitel bejubelte, feierte ich diesen Triumph gemeinsam mit anderen Franzosen und Migranten.

Nach diesem ersten „Rendezvous" war es nur ein kleiner Schritt zu weiteren Erkundungen in Paris, wobei mich besonders die Mythen der Stadt faszinierten. Offensichtlich zieht Paris wie ein überdimensionaler Magnet Menschen aus der ganzen Welt an, sei es für einen Kurzbesuch oder fürs ganze Leben. Und wie werbewirksam die Stadt ihre Sehenswürdigkeiten einzusetzen versteht! Ob in der Welt der Parfums, der Mode, der Kochkunst oder des Films: Paris ist eine Traumstadt *par excellence.*

Wer in dieser Stadt mehr Zeit verbringt, stößt auf tiefe Gräben zwischen der Realität und den Mythen. Die „Stadt des Lichts" kennt viele dunkle Seiten, wobei gerade die Auseinandersetzung mit dem Anspruch Paris gefangen nimmt und es inspiriert.

Auch die „Stadt der Liebe", the City of Love, La Capitale d'Amour ist ephemerisch, ganz wie ihr Gegenstand. Die Liebe ist Caritas, Erotik, Elternliebe, die spirituelle Agapé oder Sex. Sie ist das Ideal eines platonischen Zustandes, sie kann romantisch sein, sich in einer kurzen heftigen Affäre ausdrücken oder in einer Begegnung, die für die Ewigkeit bestimmt ist. Jeder versteht unter Liebe etwas anderes und jeder liebt auf andere Art und Weise.

Wie vieldeutig und unbestimmbar die Liebe ist, offenbart sich in Paris nicht nur im gegenwärtig-konkreten menschlichen Miteinander, sondern auch in der Kunst. Künstler und Intellektuelle haben Paris viele Denkmäler der Liebe gesetzt. Die Begegnung mit den berühmten Paaren der Kunst in Paris ist immer auch eine Begegnung mit der Stadt, ihren Bewohnern, und letztlich mit der Liebe selbst. In eine mythenschwangere Stadt wie Paris einzutauchen, bedeutet, die Welt anders wahr zu nehmen.

1. DIE WEITE WELT DER LIEBE

Wie Frankreich und speziell Paris zu einem Synonym der Liebe werden konnte, versuchte die britische Schriftstellerin Nina Epton in ihrem Buch *Love and the French* (1959) zu entschlüsseln. Frankreich befindet sich auf dem rechten geographischen Breitengrad der Liebe, erklärt sie und führt aus, dass es dort weder zu kalt noch zu heiß ist, um sich der Liebe hinzugeben. Einem Liebespaar droht weder gefährliche Unterkühlung, noch stört übermäßige Hitze. Die Natur ist romantisch aufgrund der zwitschernden Vögel und ungefährlich durch den Mangel an lebensbedrohlichen Raubtieren oder Reptilien. Neben diesen naturwissenschaftlichen Prämissen zieht Epton als Erklärung auch eine „Geographie der Gefühle" heran: In Frankreich habe sich die leidenschaftliche und verträumte Liebesauffassung des Südens mit der sinnlichen Neugier und der Freizügigkeit des Nordens erfolgreich vermischen können, behauptet sie.

Der amerikanische Schriftsteller Henry Miller verfasste an einem sonnigen Sonntagvormittag auf der Terrasse des Pariser Cafés *Trois Portes* ähnliche Gedanken:

„Natürlich hat Frankreich den Midi – er beginnt schon südlich der Loire. Nach meiner Betrachtungsweise der Dinge ist er die wahre Achse der Welt. Je mehr man über die großen Männer liest, desto mehr findet man, dass der entscheidende Wendepunkt in ihrem Leben jene Phase ist, in der sie den Süden in sich selbst entdecken und die andere Hemisphäre ihres Seins auszuleben beginnen. Wie ich es sehe, besteht jede Weisheit darin, diese beiden Seiten miteinander auszusöhnen. Die Verschmelzung des romantischen und des klassischen Geistes. In der nördlichen Welt Idealismus, Streben, Idee. Im Süden Leben um seiner selbst willen, Hedonismus, Aktion und Kontemplation, Ideen verbunden mit dem Leben."

Äußerungen dieser Art trugen dazu bei, dass Frankreich und besonders die Stadt Paris zu einer Metapher wurden. So bemerkte auch Victor Hugo: „Paris, zugleich eine Idee und eine Stadt, ist allgegenwärtig. Den Parisern gehört Paris und es gehört der ganzen Welt." Paris als Schnittpunkt zwischen Nord und Süd, dem Ideal und der Aktion, der Leidenschaft und der Sinnlichkeit wird dem Besucher an vielen Orten bewusst: auf Strassen, Friedhöfen und in Cafés, im sieben Stockwerke hohen „Erotischen Museum" am Pigalle Platz, oder im weitaus weniger frivolen Ambiente der staatlichen Museen. Im Musée Guimet etwa gibt es erotische indische Tempelreliefs zu entdecken, das ethnologische Musée du Quai Branly stellt eng umschlungene westafrikanische Paare aus und in der Sammlung altägyptischer Kunst des Louvres sitzen Männer und Frauen, die sich umarmen, gemeinsam auf dem Herrschaftsthron. In der altpersischen Abteilung desselben Museums geht ein Liebespaar Hand in Hand, das vor 4000 Jahren in Bronze gegossen wurde und in der römischen Abteilung liebkosen sich zärtlich Eros und Psyche, dargestellt als Kinder.

Das etruskische Paar auf dem Sarkophag, Louvre

Das älteste berühmte Paar der Stadt, und eines der Ungewöhnlichsten zugleich, erwartet die Besucher im Erdgeschoss des Denon Flügels im Louvre. Zwischen den Skulpturen des antiken Griechenlands und den Mosaiken Roms liegt es auf einem Sarkophagdeckel in aufrechter Position. Lange kann man sich so nicht wohl fühlen, bevor es im Rücken zieht und sich die Beine verkrampfen. Sein Arm ruht auf ihren Schultern, ihre Hand umfasst ein Gefäß. Das Paar scheint ganz unbefangen, doch wohin blicken sie? Was sehen sie? Was mögen sie empfinden?

Die Sammlung der relativ zeitnah entstandenen griechischen Kunst hilft kaum weiter bei der Beantwortung dieser Fragen, erinnert die Liebe dort doch eher an eine Jagd, etwa wenn Venus und der kleine Eros gemeinsam auf die Pirsch gehen. Während die Liebesgöttin mit ihren vollschlanken körperlichen Reizen kokettiert, geraten selbst die Stärksten, getroffen vom Liebespfeil des Eros, ins Wanken. Wo die beiden Meister der Erotik am Werke sind, lassen die Folgen nicht lange auf sich warten. So erinnert das englische Wort für Geschlechtskrankheit, *veneral disease*, noch heute an die Göttin der Liebe. Dass es Venus und Eros sicher nicht um die platonische Liebe geht, zeigen die lustvollen Umarmungen von Satyr und Frau. Auch andere Szenen offenbaren Erotik und Sexualität. Ein Mensch mit Busen und Penis liegt lustvoll auf einem Divan, ganz zu schweigen von der attischen Vase von Pedieus mit der Fellatio-Szene.

Zurück in der etruskischen Abteilung ist von dieser betonten Körperlichkeit wenig zu spüren. Eine kleine Bronze zeigt ein Liebespaar, das sich umarmt. Ein anderes Paar geht gemeinsam spazieren. Und das etruskische Paar auf dem Sarkophag nimmt sogar an der eigenen Totenfeier teil.

Bis heute geben die Etrusker der Wissenschaft viele Rätsel auf. Wissenschaftler datieren den Sarkophag aus Mittelitalien auf das Jahr 530 v. Christus, als Rom noch eine Ansammlung von Dörfern in den Sümpfen des Tibers war. Karthager, Griechen und Etrusker bestimmten die politische und wirtschaftliche Situation in Italien.

So sind der Sarkophag und das Sofa im ionischen Stil geformt, wie auch die Gesichter mit ihren scharfen Profilen und Mandelaugen. Etruskisch dagegen sind der Tutulus, die gewölbte Kappe und die spitzen Schuhe.

Als die Archäologen die Grabkammer öffneten, staunten sie über bunt leuchtende Farben, Möbel, die aus dem Felsen gehauen waren, aufgestellte Vasen und Werkzeuge, die in Stuck nachempfunden an den Wänden prunkten. Es gab Tische, Bänke und Betten. In einem Krug befand sich das Öl für die letzte Salbung. Gemalte Musiker und Tänzer sorgten für Zerstreuung und Diener boten leckere Speisen auf großen Tabletts an. Unterdessen stritten sich auf dem Fußboden Terrakotta-Hunde um einen Knochen. Offenbar war dem Paar ein opulentes Fest angerichtet worden!

2. DIE LIEBE IN WORTEN – ABAELARD UND HELOISE

Es gibt viele gute Gründe den Friedhof Père Lachaise aufzusuchen. Im Sommer ist er eine Oase der Ruhe. Im Winter allerdings lässt der kalte Ostwind die Baumstämme knarzen, und der Schnee bleibt länger liegen als anderswo in Paris. An solchen Tagen, wenn das alte Laub über die kalkigen Gräber raschelt, geht von diesem Ort eine ganz besondere Melancholie aus, der sich manche Menschen nur allzu gerne hingeben. Warm eingepackt in dicke Jacken und Schals klettern die wahren Liebhaber dieser Totenlandschaft dann über die Hügel des Friedhofs. Manche haben einen der hier Begrabenen noch persönlich gekannt, doch viele kommen vor allem, um ihre vermeintlichen Geistesverwandten zu besuchen. Heftet man sich an ihre Fersen, entdeckt man, wie sie vor dem Grab von Alfred de Musset („Das Leben ist ein Schlaf, und die Liebe ist ein Traum") ein Gedicht vortragen, oder wie sie „der Piaf" ein Ständchen bringen. Andere zupfen, weniger künstlerisch veranlagt, am Unkraut oder polieren eine Grabplatte. Es scheint beinahe, als wären diese Toten aus dem Leben jener Menschen nicht mehr wegzudenken.

Besucher treffen hier auf alte Bekannte wie Bugatti, Colette, Rothschild, Callas und natürlich auf die Geschichten, die der Tod schrieb: Molière, der an den Folgen eines Blutsturzes auf der Bühne starb, als er den Eingebildeten Kranken spielte. Isadora Duncan, deren lange Schärpe sich bei einer Autofahrt im Hinterrad ihres Cabrios verfing und ihr den Kopf abriss, oder Felix Fauré, Präsident der Republik, der beim Sex mit seiner Mätresse plötzlich und ohne ein weiteres Wort verschied. Auf diesem Friedhof lässt sich nur zu leicht das eigene Who-is-Who-Wissen testen.

Der Friedhof Père Lachaise ist auch die letzte Ruhestätte vieler Liebespaare. Manche liegen getrennt, wie George Sand und Frédéric Chopin (oder George Sand und Alfred de Musset). Andere wurden erst nach ihrem Tode unzertrennlich. Besuchen Sie Simone Signoret und Yves Montand. Oder Edith Piaf, die neben dem Mann begraben liegt, den sie erst ein Jahr vor ihrem Tod heiratete.

Heloise und Abaelard auf dem Friedhof Père Lachaise

Das berühmteste Liebespaar des Friedhofs befindet sich in einem tiefen Labyrinth aus Wurzeln, Licht und Schatten: Im ältesten Teil des Père Lachaise, da wo die Bäume am höchsten wachsen, erhebt sich ein imposantes Doppelgrab, in dem Heloise und Abaelard ruhen. Rote Rosen von Verehrern schmücken die Skulpturen, geradeso, als wäre das Paar erst kürzlich beigesetzt worden. Tatsächlich aber lebten Heloise und Abaelard zu einer Zeit, als der Père Lachaise noch gar nicht existierte.

Der Schauplatz ihrer Liebe ist Paris, das zu Beginn des 12. Jahrhunderts vor einer stürmischen Entwicklung steht. Innerhalb der kommenden hundert Jahre vervielfachte sich die Einwohnerzahl auf über 100 000 Bewohner. Paris wurde Europas führendes Zentrum der Geistesgeschichte.

Großen Anteil an dieser Entwicklung hatte der junge Starphilosoph Abaelard, der Mitbegründer der späteren Universität Sorbonne. Abaelard sprengte die Moralvorstellungen seiner Zeit: „Die Macht zum Bösen ist gut und … notwendig. Wenn wir nämlich nicht sündigen könnten, machten wir uns dadurch, dass wir nicht sündigen, in keiner Weise verdient."

Es ist kaum verwunderlich, dass solche Gedanken bei Bernhard von Clairvaux auf Ablehnung stießen: „Wir gehen gefährlichen Zeiten entgegen. Magister haben wir mit geilen Ohren,… Abaelard, der mit den unreifen Jungen diskutiert und mit den Frauen Umgang pflegt.… In seinen Reden führt er ungeistliche Neuheiten ein, an Worten wie an Inhalten. Die geistige Nacht, in der Gott wohnt, betritt er nicht allein, wie Moses es tat, sondern mit Scharen und Schülern. In Dörfern und auf Gassen wird über den katholischen Glauben diskutiert."

Abaelard befindet sich auf dem Höhepunkt seiner philosophischen Karriere, als er Heloise kennen lernt. Über die erste Begegnung schreibt er später: „Es lebte in Paris ein junges Mädchen namens Heloïsa, die Nichte eines Kanonikus Fulbert, … Sie, die ich mit allem geschmückt sah, was Liebhaber anzulocken pflegt, gedachte ich nun, da sie eher willfährig war, zur Liebe an mich zu fesseln … In Liebe zu diesem Mädchen vollkommen entflammt, suchte ich nach einer Gelegenheit, um … sie leichter zur Hingabe zu verleiten. Ihres Oheims eigene Freunde waren mir dabei behilflich, … Nun war Fulbert ein großer Geizhals, dabei aber doch darauf bedacht, dass seine Nichte in ihrer gelehrten Bildung immer weiter Fortschritte mache … Was soll ich weiter viel sagen? Zuerst ein Haus, dann ein Herz und eine Seele verbinden uns. Unter dem Deckmantel der Unterweisung gaben wir uns ganz der Liebe hin, … Da wurden über dem offenen Buch mehr Worte über Liebe als über Lektüre gewechselt; da gab es mehr Küsse als Sprüche. Nur allzu oft zog es die Hand statt zu den Büchern zu ihrem Busen, und öfter spiegelte Liebe die Augen ineinander, als dass die Lektüre sie auf die Schrift lenkte; ja, um jeden Verdacht unmöglich zu machen, gab es einige Male Schläge. Aber es war Liebe, nicht Grimm, Neigung, nicht Zorn, und sie überboten die Süße von allem Balsam der Welt.

Kurz: keine Stufe der Liebe ließen wir Leidenschaftlichen aus, und wo die Liebe etwas Ungeheuerliches erfinden konnte, wurde es mitgenommen."

Ist es verwunderlich, dass das gemeinsame Glück nicht lange währt?

Als Heloise ein Kind erwartet, bietet ihr Abaelard die Heirat an, doch sie lehnt ab: „Nichts habe ich je bei dir gesucht – Gott weiß es – als dich selbst. Kein Ehebündnis, keine Morgengabe habe ich erwartet; nicht meine Lust und meinen Willen suchte ich zu befriedigen, sondern den deinen, das weißt du wohl. Mag dir der Name „Gattin" heiliger und ehrbarer scheinen, mir war allzeit reizender die Bezeichnung „Geliebte", oder gar – verarg es mir nicht –, deine „Konkubine", deine „Dirne"... für süßer und würdiger achtete ich es, deine Buhlerin zu heißen als deine Kaiserin."

Ahnt Heloise, dass Abaelard mehr zum Liebhaber und Philosophen taugt, als zum Ehemann und Vater?

Abaelard drängt trotz der Einwände Heloises auf die Eheschließung. Sie findet im Geheimen statt, um seinem Priesterstand und seiner Reputation keinen Schaden zuzufügen, doch bleibt sie nicht lange verborgen: „Heloïsas Oheim und seine Angehörigen, die für den ihnen zugefügten Schimpf nach Genugtuung verlangten, fingen an, unser Ehebündnis bekannt zu machen und brachen damit das Versprechen, das sie mir gegeben hatten ... Als ich davon hörte, brachte ich sie in das Nonnenkloster Argenteuil bei Paris, in dem Heloïsa einst als kleines Mädchen erzogen und gebildet worden war. Ich ließ sie auch die Gewandung anlegen, die das Klosterleben erfordert – mit Ausnahme des Schleiers. Als sie davon hörten, glaubten Fulbert und seine Verwandten, ich hätte sie jetzt erst recht hintergangen und Heloïsa zur Nonne gemacht, um sie loszuwerden. Aufs höchste entrüstet, verschworen sie sich gegen mich. Nachdem sie meinen Diener mit Geld bestochen hatten, nahmen sie eines Nachts, als ich ruhig in einer abgeschiedenen Kammer schlief, die grausamste und beschämendste

Rache an mir, welche die Welt mit höchstem Entsetzen vernahm: sie beraubten mich der Körperteile, mit denen ich begangen hatte, worüber sie klagten."

Abaelard wurde kastriert! Danach sah er Heloise nie wieder, korrespondierte jedoch mit ihr zeitlebens in Briefen. Dass die beiden ihre Liebe offen diskutierten, beweist die Anfrage Heloises, ob Abaelard sie „allein der Lust wegen" geliebt habe. Abaelard gestand: „Meine Liebe verdient es nicht, Liebe genannt zu werden. Ich habe all meine elendige Leidenschaft auf Dich verwendet."

Diese Aussage beschäftigt Schriftsteller über Jahrhunderte hinweg. War Abaelards Liebe „nur" Leidenschaft? Luise Rinser greift den Gedanken in ihrem Roman „Abaelards Liebe" auf und gewährt Abaelard ein fiktives Plädoyer: „Was sagst du da? Ich liebe sie nicht? Was weißt denn du? Ich liebe sie mit aller Kraft. Meiner Kraft. Und ich liebe sie auf meine Art. In jener Art, die mir gegeben und erlaubt ist und schön erscheint.

3. DAS ROMANTISCHE IDEAL DER LIEBE IM SPÄTEN MITTELALTER: NOTRE DAME UND DIE DAME MIT DEM EINHORN

Ganz Paris staunte, als Constanze von Aquitanien eine Gruppe von Troubadouren an ihren Hof brachte. Ein Chronist bemerkte spöttisch: „Dies sind Männer ohne Glauben, ohne Moral und ohne Bescheidenheit, die Frankreich mit ihrer Schlechtheit und Dekadenz infizieren. Sie tragen ihr Haar lang in der Mitte ihres Nackens und haben ein rasiertes Kinn! Und erst ihre Schuhe: lächerlich, wie sie in hochgebogenen Spitzen enden, förmlich ein Höhepunkt ihrer mentalen Verwirrung."

Die Kritik richtete sich gegen Dichter, die angeregt von östlicher Liebeslyrik, voller Poesie von der Liebe und den Liebenden sangen. Auch in Architektur und Kunst wurde mit den Einflüssen des Orients experimentiert. Baumeister und Kirchenfürst ließen in Saint-Denis bei Paris die erste Kathedrale in einem Stil errichten, der später als Gotik bezeichnet wurde. Von Licht durchflutet, mit schmalen Stützen, die den Gebäudedruck elegant ableiten und mit buntem Glas, das bald den Stein dominiert, entstanden Gebäude, die den Eindruck vermitteln konnten, als reiße der Himmel auf.

Saint-Denis war nur ein Vorgeschmack auf die architektonische Revolution, die bevorstand. Und wie schnell das alles ging: In Paris wurde die fünfschiffige Basilika, die gerade erst im Herzen der Stadt errichtet worden war, abgerissen, um einer Kathedrale des Himmels Platz zu machen, der Notre Dame.

In der Kathedrale wird das Konzept der neuen Architektur gut deutlich. Betritt man die Kirche am Westportal, wo ursprünglich die

Bauarbeiten begannen, wirkt das Innere noch schwer und dunkel. Im Laufe der Bauzeit wurden die Baumeister immer kühner und erfahrener und verzichteten mehr und mehr auf Stein. Im Querschiff scheint die Sonne durch bunte Glasrosen und zum Chor hin beginnt die Kirche zu leuchten. In dieser Architektur offenbart sich, was das nördliche Europa bis dahin kaum kannte: Das antike Prinzip der Zerlegung eines Baukörpers in kleine Einheiten steigert sich um ein Vielfaches, bis die Anziehungskraft umgedreht wird. Statt in der Erde zu wurzeln, heben sich die Fenster vom Boden ab und leuchten wie Sterne am Himmel.

Versuchung am nördlichen Trumeaupfeiler der Westfassade von Notre Dame

Diese Architektur veranschaulicht das christliche Mysterium: Wenn zum Sonnenuntergang das Licht der Sonne (Gott) im Westen der Kirche (Jüngstes Gericht) durch die Rose (Maria) ins Kirchengebäude (Leib Jesu mit ausgestreckten Armen im Querschiff und Dornenkrone im Chorumgang) zum Altar (Herz und Grab Jesu und Ort der Auferstehung) fällt, offenbart sich in diesem Schauspiel die christliche

Heilsgeschichte. Die Westrose der Notre Dame ist Maria, sie ist die Hoffnung der Gläubigen und sie ist die Illumination Mariens im Augenblick der Empfängnis.

Diese zentrale Bedeutung Marias kommt nicht nur durch die Position der Rose in der Pariser Kathedrale zum Ausdruck oder durch deren Namensgebung, sondern auch in der Darstellung der Verkündigungsszenen. Der Augenblick, wenn der Entschluss Gottes – vom Engel überliefert – in die Jungfrau dringt und Maria zur Mutter des Gottessohnes wird, ist über die Jahrhunderte hinweg von den Künstlern unterschiedlich interpretiert worden. Sicher sind die beiden kein Liebespaar, aber ihre Darstellung spiegelt die Gesellschaft des ausgehenden Mittelalters wider. Im Gegensatz zur Kunst der Romanik, als der Verkündigungsengel zumeist über Maria schwebte und mit ausgestrecktem Zeigefinger unmissverständlich Befehle erteilte, befindet sich der Engel seit den Kreuzzügen häufig auf Augenhöhe mit Maria.

In den gotischen Verkündigungsszenen der Notre Dame, der Sainte Chapelle, im Musée Cluny oder im Louvre (besonders bei Giorgio Vasari) ist der Engel niedergefahren und kniet vor Maria als Bittsteller. Er wirkt jungenhaft, seine Gestalt ist voller Anmut. Er wartet, während sich Maria durch seine Anwesenheit kaum aus der Ruhe bringen lässt. Gerade noch vertieft in die Lektüre der Prophezeiung, die ihr bereits offenbart, was nun geschehen wird, ist sie sich der göttlichen Präsenz bewusst.

Auch die Wandteppiche der „Dame mit dem Einhorn" im Musée Cluny versinnbildlichen die Vorstellung einer besonderen Gnade. Vor ihrem Besuch empfiehlt sich ein Blick in den Park des Museums am Schnittpunkt der Boulevards Saint Germain, Saint Michel und St. Jacques. In ihm wachsen die Pflanzen nicht zufällig, sondern sind das Ergebnis der Zusammenarbeit von Archäologen und Botanikern, die gemeinsam im Millefeuille der Wandteppiche nach Kräutern und Blumen suchten. Was sie identifizieren konnten, blüht heute im Garten. Welch stimmungsvoller Auftakt zu einer Reise in die Liebeswelt des späten Mittelalters!

<< Giorgio Vasaris Verkündigung. Louvre

Ein an der Akelei schnupperndes Einhorn ist nicht dabei. Kein Mensch hat dieses Fabelwesen je mit eigenen Augen gesehen, doch im Museum können Besucher gleich sieben davon entdecken, sechs davon auf den Wandteppichen zusammen mit der Dame, und ein „falsches" in Natura. Drei Säle von den Tapisserien entfernt, und unweit der Sammlung von Keuschheitsgürteln, hängt es an der Wand. Es stammt von einem Narwal aus Grönland.

Das mystische Einhorn war den Menschen des Mittelmeerraums seit Langem bekannt. Weit verbreitet war die Vorstellung aus dem Physiologus des zweiten Jahrhunderts, wonach nur eine Jungfrau imstande sei, das einhörnige Tier zu zähmen:

„Wie nun wird es gefangen? Eine reine Jungfrau, fein herausgeputzt, werfen sie vor es hin, und es springt in ihren Schoß; und die Jungfrau säugt das Lebewesen und bringt es in den Palast zum König"

Die Wandteppiche wurden von einer Familie in Lyon in Auftrag gegeben und zeigen die Beziehung zwischen einer Dame und einem Einhorn in sechs Bildern. Mal ist das Einhorn forsch, dann wieder demütig. Mal ist die Frau eine elegante Herrin, dann wieder erscheint sie wie eine Komplizin des Einhorns. Auf einem Bild sitzen beide am Boden, wobei das Einhorn seine Vorderbeine auf ihren Schoß legt, und die Dame seinen Nacken sanft berührt.

Auf fünf Teppichen werden die Sinne dargestellt, doch der zentrale Wandteppich des „Mon Seuil Désir" gibt das größte Rätsel auf: Die Frau befindet sich vor einem Zelt, sie trägt prächtige Kleider und ist mit kostbaren Juwelen geschmückt. Sie steht zwischen einem Löwen und dem Einhorn.

Bis heute kann nicht abschließend erklärt werden, was es mit dieser geheimnisvollen Komposition auf sich hat. So animierten die Teppiche viele Schriftsteller zu eigenen Interpretationen. Jean Cocteau etwa läßt in seinem Ballett „Die Dame und das Einhorn" das Einhorn in dem Augenblick sterben, als die Jungfrau sich einem fremden

Ritter hingibt. Tracy de Chevalier entwirft in ihrem gleichnamigen Roman eine Liebesgeschichte zwischen der Dame und dem Zeichner der Teppichvorlage. Sie erklärt die unterschiedlichen Gesichtszüge der Dame auf den einzelnen Teppichen mit den verschiedenen Bezugspersonen der Liebesgeschichte, etwa Mätresse, Jungfrau oder eifersüchtige Mutter.

Dame und das Einhorn

Die Dame mit dem Einhorn verkörpert das Ideal des *bon amor* der Troubadourzeit. Was unter diesem Begriff zu verstehen war, beschrieb André le Chapelain in seinen „Abhandlungen über die Liebe" im Zusammenhang mit den „Liebeshöfen". Bei diesen Zusammenkünften konnten bis zu 60 Damen fiktiv als Richter über Fälle entscheiden, die allein ihrer Phantasie entstammten. Der Struktur eines feudalen Gerichts angelehnt, wurde scherzhaft und recht freizügig über Liebesleben und Moral diskutiert und Urteilssprüche verkündet. Einige der überlieferten „Gesetze" verdeutlichen den Geist dieser Veranstaltungen: „Die Ehe ist keine Entschuldigung für wahre Liebe", „Ein

26

wahrer Liebhaber ist immer schüchtern" und „Wer nicht verbergen kann, kann nicht lieben".

Im berühmten „Rosenroman" (1240) vermittelte Guillaume de Lorris, wie Frauen die Männerwelt für sich gewinnen konnten. Sie sollen freimütig sein, fröhlich, geduldig und rhetorisch geschult. Ihre Kleidung offenbart ihren Status und ihre Absicht: ein grünes Gewand bedeutet eine neue frische Liebe, ein blaues steht für Treue. Ihre Haut soll leicht rosafarben sein, ihre Nase klein und gerade, ihre Zähne wie Perlen, ihre Lippen wie Rubine und ihr Haar wie aus Gold. Die Brüste sollen fest sein und rund, aber nicht zu groß.

Doch Schönheit ist keine Frage des Zufalls, sie will auch erworben werden: „Eine schöne Aufmachung ist wie Brennstoff für das Feuer der Liebe, deshalb ist es wichtig einen guten Schneider zu finden." Die Schuhe sollen eng geschnürt sein, die Handschuhe von guter Qualität. „Wasch Dir häufig die Hände, pflege die Fingernägel und vergiss nicht dir die Zähne zu weißeln", heißt es im Rosenroman, der außerdem empfiehlt, ein paar Brettspiele zu beherrschen und, falls die Stimme es zulässt, sich nicht zweimal um ein Lied bitten zu lassen. Mehr noch als Äußerlichkeiten, zählt ein fröhliches Herz, das die Liebe entfacht. Das Schlimmste ist Halbherzigkeit, „denn jeder, der nach seinem Herzen handelt, wird eine entsprechende Belohnung bekommen."

Eine so liebreizende Dame wie die auf den Wandteppichen hätte kaum Schwierigkeiten gehabt, standesgemäße Angebote von vielen Liebhabern zu erhalten. Für welchen Typus Mann sie sich wohl entschieden hätte? Vielleicht für jenen galanten Herrn, von dem eine Sängerin in dem Roman „Flamenca" des 13. Jahrhunderts so auffällig schwärmte: „Dies ist ein Ritter mit Locken, seine Stirn ist glatt und breit, seine Augenbrauen schwarz und gebogen, lang und dick. Er hat große, lachende Augen. Seine Nase ist gerade, sein Gesicht voll, seine Ohren fest, groß und rot. Sein Mund ist delikat und liebenswürdig, sein Kinn versehen mit einem kleinen Grübchen. Seine Schultern sind breit, seine Muskeln stark, seine Knie glatt, seine Füße gebogen und leicht. Er ist groß und kann eine Kerze noch ausblasen, selbst wenn sie sich an der Wand hoch über seinem Kopf befindet."

Derartige Eigenschaften und Attribute des Partners konnten im Idealfall, „eine ekstatische Stimmung verursachen und ein ätherisches Fluidum von den Augen zum Herz wallen lassen, bis es dort die Liebe hervor bringt." Von dieser Erregung unmittelbar auf eine körperliche Annäherung zu schließen, wäre jedoch eine Verkennung des *bon amor*, der zwischen körperlicher Lust und dem geistig-platonischen Ideal nuancenreich unterscheidet. Zwar konnte der Herr der Dame eindeutige Angebote unterbreiten, aber der gute Anstand gebot es, sich auch mit kleinen Gunstbeweisen der Angebeteten zufrieden zu geben. Deutlich wird dies in der Geschichte des Bernard de Ventatour, der seine Liebste beschwor, sie möge es dulden, wenn er neben ihrem Bettpfosten auf Knien ausharre. Falls es sie nicht weiter störe, würde er allzu gern darauf hoffen, dass sie ihm ihren „wohl sitzenden" Schuh zustrecke, „auf dass er ihn ihr abstreife." Doch Vorsicht, hinter dieser vermeintlich harmlosen Bitte kann sich in der Symbolsprache der Zeit auch eine deutliche Aufforderung verbergen, bedeutete doch das Schuhausziehen, dass sich derjenige, dem diese Ehre zuteil wurde, durchaus Hoffnungen machen konnte, der Dame danach „die Rose zu pflücken"!

Im Mittelalter bedurfte es für diesen Akt keiner kirchlichen Trauung. Das gültige römische Recht sah vor, das Ehebündnis durch einen öffentlichen Kuss, das Zusammenlegen der Hände und das Aufsetzen von Eheringen zu bestätigen. In der Kirche konnte der „Austausch der Herzen" vorgenommen werden. In manchen gesellschaftlichen Kreisen galt es zudem als schicklich, das Paar in kostbaren Gewändern gekleidet zu malen. Gemälde oder Wandteppiche dienten so als Beweis für die Eheschließungen und konnten im Falle einer Scheidung als Dokument eingesehen werden. Erst in der Neuzeit, 70 Jahre nach Herstellung der Tapisserien, nahm auf dem Konzil von Trient 1563 die katholische Kirche Einfluss auf die Moral und das Verhältnis von Mann und Frau: Versteckte Arrangements mit Nebenfrauen wurden nicht mehr geduldet, die Ehe wurde als gottgewollt angesehen und sollte fortan bestehen bleiben „bis dass der Tod euch scheidet".

Dieses Regelwerk hätte bei Jean de Meun, einem besonders fortschrittlichen Dichter des Mittelalters, keine Zustimmung gefunden.

Er verurteilte Eheverträge als kontraproduktiv: „Die schöne Liebe stirbt ab, sobald enge Bindungen die Anziehungskräfte knebeln. Liebe kann nicht leben außer in Herzen, die offen sind und rein und frei." Und über die Stellung der Frau urteilt er: „Frauen werden so frei geboren wie Männer. Warum also sollten nicht auch sie ihren Spaß haben wie Männer, die Tausenden ihr Herz schenken?" Jean de Meun war ein Befürworter der freien Liebe und hätte es gern gesehen, wenn die Menschen von den Möglichkeiten, die sich ihnen boten, mehr Gebrauch gemacht hätten: „Küsst und umarmt Euch ohne Schande, sondern allein zu süßem Gefallen. Eure Gedanken sollen die ganze Menschheit umarmen. Jeder lebendige Mensch sei mit anderen vereint in großer Brüderlichkeit.

Auf dem Teppich des „Mon Seul Désir" im Musée Cluny steht die Dame zwischen Einhorn und Löwe, also zwischen dem Ideal der Liebe und dem der Pflicht. Wird sie die Heiratsringe, die der Vogel über dem blauen Zeltbaldachin in den Krallen hält, annehmen? Behält sie den weltlichen Schmuck, oder gibt sie ihn zurück in die Schatulle? Wofür wird sich die Dame entscheiden, für das Herz oder für den Verstand? Die Teppiche offenbaren dieses Geheimnis nicht, doch sie werfen ein schillernd buntes Licht auf die Zeit ihrer Entstehung. So steht die Dame auf dem Wandteppich gegenüber von „Mon Seul Désir etwas steif unter dem Gewicht des blauen und goldfarbenen Umhangs. Hinter ihr breitet sich die rote Blumeninsel aus wie ein Paradiesgarten. In einer Hand hält sie eine Blume, das Symbol von Schönheit und Liebe – der Schlüssel vieler Mysterien. Auf dieser Tapisserie befindet sich der Himmel auf Erden und die Dame ist das irdische Paradies.

Einige Jahre später glaubten nur noch wenige an die Ideale, die in den Teppichen verkörpert wurden. Poetische Liebe, Ritterlichkeit und Liebesgärten standen alsbald im Gegensatz zu den tief greifenden religiösen, sozialen, moralischen und wirtschaftlichen Veränderungen der Gesellschaft. Die Wandteppiche der Dame mit dem Einhorn befanden sich am Wendepunkt zur Neuzeit und markieren damit den Anfang einer neuen Auffassung von Liebe.

4. LIEBE AUS RÄSON: HENRI IV UND MARIA VON MEDICI

Nur wenige Orte in Paris vermitteln einen so eindrucksvollen italienischen Glanz wie der Garten des Luxemburger Palais. Kein Wunder, geht doch die Anlage zurück auf Maria von Medici, die sich die Heirat mit Henri IV durch ihren Onkel erkaufte, den Großherzog der Toskana. Kaum hatte sie die Wärme Italiens gegen den kühlen Norden Frankreichs eingetauscht, begann sie ihrer Heimat nachzutrauern. Zumindest der Blick auf mediterrane Gärten sollte ihre Sehnsucht nach dem Süden stillen.

Wer heute durch die prunkvollen schmiedeeisernen Portale in den Jardin du Luxembourg tritt, findet mehr als nur italienische Architektur. Kastanienbäume werfen Schatten auf akkurat geschnittene Grasflächen und in der Ferne spiegelt sich der Palast in einer kreisrunden Wasserfläche, auf der Modelle von Segelbooten kreuzen.

Der Luxemburger Garten ist eine Kombination aus französischen und italienischen Gartenbauelementen. Eigens ins Land gerufene italienische Gartenarchitekten versuchten nach dem Vorbild des berühmten Boboli.Gartens bei Florenz ihm etwas Geheimnisvolles zu verleihen. Die allzu exakte Achse, die zum Observatoire verläuft, wird durch das Gefälle, die gebogenen Treppen, die mythologischen Skulpturengruppen und die Palmen vor der prachtvollen Südfassade des Palais ausgeglichen. Die Ausrichtung hinüber zur Sternwarte jedoch kann sich keine Kurven erlauben. Diese Achse ist der nullte Pariser Meridian, der in Frankreich noch bis ins 20. Jahrhundert zur Anwendung kam, bevor er auch hier durch den Längengrad von Greenwich abgelöst wurde.

Ein besonderer Anziehungspunkt im Park ist der Brunnen der Medici. Verborgen unter alten Platanen mag sich der Aufenthalt zu jeder

<< *Brunnen der Medici im Luxemburger Garten*

Jahreszeit lohnen, doch am schönsten ist es hier im Sommer oder Frühherbst, wenn das Sonnenlicht malerisch durch die Blätter fällt und auf der Wasseroberfläche tanzt. Dann kommen die Singles und Liebespaare an das Wasserbecken, lesen, zeichnen, schreiben Briefe oder SMS und träumen. Ob sie wissen, dass in der Tiefe des Brunnens eine große Liebesgeschichte auf ihren dramatischen Höhepunkt zusteuert? Polyphem, der wütende Zyklop, hat dort gerade Acis, den Sohn eines Fauns dicht neben der Nereide Galatea in einer Grotte entdeckt. Blind vor Eifersucht, wird Polyphem einen Felsrutsch auslösen, um den jungen Acis zu begraben. Galatea dagegen gelingt es in letzter Not, ins Meer zu flüchten. Die olympischen Götter haben ein Einsehen mit den Liebenden und machen Acis zum Flussgott. Dort, wo Fluss und Meer aufeinandertreffen, vereinen sich seitdem Acis und Galatea.

Weniger romantisch als diese Geschichte war das Verhältnis der Maria von Medici und Henri IV von Frankreich. An ihre Verbindung erinnert im Park kein Denkmal und auch in ihrem Schloss am Vogesenplatz blieb das Ehepaar distanziert: Lange Korridore und Wohnungen für den Hofstaat trennen die Gemächer von König und Königin. Um einander zu finden, wäre es notwenig gewesen, über einen Platz zu gehen und eine Strasse zu kreuzen!

Zu Lebzeiten Henri IV waren mittelalterliche Keuschheit und Zurückhaltung nicht mehr *en vogue*. Mit *joie de vivre* verbanden sich jetzt eher Intellekt, Raffinesse, Freizügigkeit und Jugend. *Pucelles* (Flöhchen), Mädchen um die fünfzehn Jahre alt, wurden allerorts hofiert. Gleichzeitig förderten der Niedergang des Feudalwesens, der Aufstieg des Bürgertums und die wirtschaftliche Not eine Annäherung der Gesellschaftsschichten. Es ist überliefert, dass in kalten Winternächten in manchen Schlössern die Adligen gemeinsam mit dem Dienstpersonal die Nacht im selben Bett verbrachten. In diesem Falle musste der Diener als Letzter das Licht löschen und morgens das Bett als Erster verlassen. Dann folgten ihm die Zofe, der Herr und schließlich die Dame.

Henri nutzte die Möglichkeiten, die ihm sein Rang und die neue Moral boten. Bevor er Maria kennenlernte, war er mit Marguerite von Valois, der Schwester von François I, verheiratet, die sich durchaus für die Liebe interessierte, aber im Gegensatz zu vielen Zeitgenossen und zu ihrem Mann einer kontemplativen Auffassung den Vorzug gab. Im Heptameron beschreibt sie den perfekten Liebhaber wie folgt: „Ich nenne all solche Männer ideal, die in der Liebe nach der Perfektion suchen, sei es in der Schönheit, in der Güte oder in einer anderen angenehmen Weise. Doch sei gewarnt, denn unsere Sinne können uns nur die sichtbaren Schönheiten erschließen. Wie ein Kind, das mit Puppen spielt und welches meint, ein Kieselstein sei von Wert, so lieben viele Männer uns Frauen wie lebendige Puppen. Erst durch viele Prüfungen wird die Seele verstehen, dass es im Irdischen keine Perfektion gibt und dass dies von Gott allein ausstrahlt."

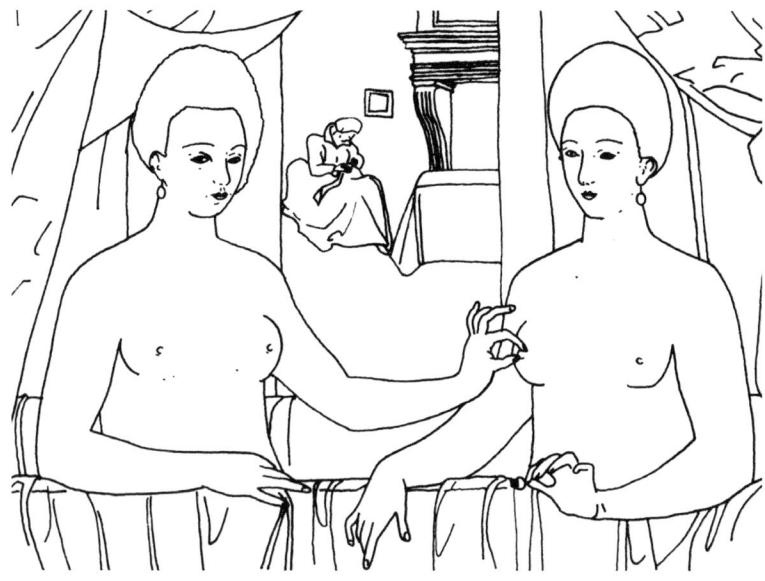

Gabrielle d'Estrées (rechts) und eine ihrer Schwestern beim Bade.
Gabrielle hält den Ring, den ihr Henri IV kurz vor ihrem Tode
als Liebespfand schenkte. Louvre

Die Verbindung zwischen Henri IV und Marguerite von Valois blieb kinderlos, ein Umstand, der wohl kaum auf die Potenz von Henri zurückzuführen sein kann, stellte er seine Zeugungsfähigkeit doch in zahlreichen Affären unter Beweis.

Bald schon belebte sich der Hof mit Bastarden, die Henri zuvorkommend behandeln ließ, zumal in seiner Zeit den außerehelich gezeugten Kindern ein guter Ruf vorausging. Im Gegensatz zu Kindern, die einer Ehe entstammten, sah man in Bastarden ein Produkt der Leidenschaft, die über einen besseren Charakter verfügten. Nur von der Thronfolge waren diese Söhne ausgeschlossen. Schließlich jedoch siegte die Staatsräson und Henri ließ sich von Marguerite scheiden. Ganz Frankreich wartete auf die neue Auserwählte und war entsetzt über Henris Favoritin Gabrielle d'Estrées. Minister, Aristokraten und selbst der Vatikan versuchten dem König die prunksüchtige Dame auszureden, doch ohne Erfolg. Henri schrieb ihr, dass, wenn es ihm nur freistünde, er tausend Meilen zu ihr reisen würde, nur, um sich dann nie wieder vom Fleck zu rühren.

Als Gabrielle schwanger wurde, verkündete Henri die Hochzeit. Zu diesem Zeitpunkt hatte er schon drei uneheliche Kinder mit ihr. Doch dann starb Gabrielle plötzlich. Als Todesursache wurden von offizieller Seite aus Schwangerschaftskomplikationen angeführt. Vermutlich aber wurde sie vergiftet.

Drei Wochen später traf Henri IV Henriette d'Entragues: „Sie ist eine pikante Wespe, die es versteht mit witzigen Anspielungen jeden zum Lachen bringt. Gemacht, mit ihren Stichen ein Herz zum Leben zu erwecken, das sich tot glaubte." Henriette will den Thron und erpresst Henri: Wenn sie innerhalb von sechs Monaten schwanger wird, muss er sie heiraten. Der König willigt ein und wäre um ein Haar in eine sehr missliche Lage geraten, denn als er bereits mit den Medici um die Mitgift für Maria verhandeln lässt, wird Henriette tatsächlich innerhalb der gesetzten Halbjahresfrist schwanger. Auch in diesem Fall sollten höhere Mächte ihre Finger im Spiel haben. Von einem Blitzschlag erschreckt, erleidet Henriette eine Fehlgeburt.

Im April des Jahres 1600 dann ist es schließlich soweit. Der Ehevertrag mit Maria wird unterzeichnet, die Mitgift ist ausgehandelt und beläuft sich auf 600000 Goldtaler, etwa die Hälfte der gesamten Staatsverschuldung Frankreichs. Außer dem Geld braucht Henri den legitimen Nachfolger. Nonchalant klärt er Maria auf: „So lasst uns ein schönes Kind machen, das für unsere Freunde Grund zum Lachen und für unsere Feinde Grund zum Weinen ist." Immerhin sind sich Maria und Henri in diesem Punkte einig: Innerhalb von acht Jahren bringt Maria sechs Kinder zur Welt.

Aufgrund der vielköpfigen Nachkommenschaft von einer guten Ehe zu sprechen oder gar von Liebe, wäre allerdings niemandem eingefallen. Entsetzt berichten ausländische Besucher vom Lotterleben am Hofe. Mätressen, zu denen alsbald auch wieder die vom Blitzschlag genesene Henriette zählt, bevölkern den Hof und schenken dem König ein Kind nach dem anderen. Maria und Henri dagegen finden immer weniger Gefallen aneinander. Maria hat ihre Pflicht getan, das Geld für die Mitgift ist überwiesen, die Nachkommenschaft gezeugt. Ins Abseits der Geschehnisse gedrängt, sinnt sie auf Rache. Ihren Unmut verkündend, deklamiert sie zunächst die „barbarischen Zustände in Frankreich" – und zeigt sich entsetzt über die mangelnde Körperpflege Henris, der „wie ein Schwein" stinke. Noch sticheln die Hofdamen zurück, sie sähe „trotz ihrer blonden Haare" und dem Doppelkinn, das damals sehr in Mode war, aus, „wie eine Kuh, die gerade gekalbt hat."

Dann überstürzen sich die Ereignisse: Maria sitzt plötzlich alleine auf dem Thron! Zwei Stunden nachdem Henri im Marais-Viertel einem Attentat zum Opfer gefallen war, lässt sie sich zur Königin Frankreichs ausrufen. Frankreich ist doppelt schockiert. Der beliebte König ist ermordet und Maria ist die neue Königin! Kein Wunder, dass die Gerüchte, sie selbst habe das Attentat an ihrem Mann geplant, nicht verstummen werden.

Detail Medici Brunnen >>

In diesem Kontext sind die 24 Tafeln des Rubens-Zyklus im Louvre zu verstehen. Von Maria in Auftrag gegeben, zeigen sie den Versuch eine unglückliche Ehe mit Henri posthum zu verklären: Von Marias Geburt zum triumphalen Erscheinen in Marseille, wo ihr ein verzückter Henri entgegentritt, bis hin zur Trauer um den Ermordeten und das Flehen des Volkes, die Krone anzunehmen, reiht sich eine Übertreibung und Geschichtsfälschung an die andere. Rubens gelingt neben der technischen Meisterleistung ein brisanter politischer Spagat. Die Arbeit, für die er drei Jahre brauchte, zeigt Marias magere Vita so sehr von Allegorien verbrämt, dass sie damit den olympischen Göttern immer näher zu rücken scheint.

Der Zyklus bildet Marias Vision ab, doch die Realpolitik wird die Herrscherin bald wieder auf den Boden der Tatsachen bringen. Kaum ist ihr eigener Sohn, Louis XIII, groß genug, lässt er seine Mutter wegen Amtsanmaßung verklagen und beraubt sie aller Vorrechte. Am Ende bleibt Maria de Medici nur der Luxemburger Garten.

5. AUSSCHWEIFEND UND DELIKAT: DIE LIEBE IM ROKOKO

Ein Jahrhundert nach Henri IV war Frankreich ein Zentralstaat geworden. Gefürchtet und bewundert lebte Louis XIV in seiner neuen Hauptstadt Versailles, die eine Tagesreise von Paris entfernt an denkbar ungeeigneter Stelle errichtet worden war. Ohne Frischwasser, auf einer sandigen Anhöhe über einem versumpften Urwald, wurde hier eine grandiose kosmische Ordnung inszeniert: Wenn der König morgens in seinem Schlafzimmer von den ersten Sonnenstrahlen geweckt wird, reflektieren die gerahmten Spiegel, ja das Antlitz des Königs selbst, das Himmelsgestirn. Bevor die Sonne untergeht, werden ihre Strahlen durch die künstlich angelegten Wasserflächen im Park auf die hohen Spiegel des Spiegelsaals und schliesslich zu ihr selbst zurückgeworfen. Noch deutlicher wird diese reziproke Kommunikation zwischen Himmel und Mensch in der Stadtanlage von Paris. Dort steigt die Sonne über dem Morgensternplatz der Place de la Nation auf, erreicht über dem Königspalast des Louvres den Zenit und senkt sich beim Abendsternplatz, dem heutigen Place Charles de Gaulle-Étoile, in dessen Nähe sich das Paradies befindet, auf die Champs Elysées. Der französische Garten und die Architektur von Paris und Versailles sind kühne Geometrie und Ausdruck himmlischer Ordnung, inspiriert vom persischen Isfahan. Der Sonnenkönig Louis XIV befindet sich in der Mitte dieser Konstellation: Er ist der Staat.

Ihn sichtbar zu machen, war die Aufgabe der Architekten, des Hofes und der Besucher von Versailles. So wurde die Schauseite des Schlosses von Versailles mit den langen, nicht enden wollenden Fensterreihen als lichtdurchflutetes Gebäude in einer inszenierten Landschaft zum „gläsernen Staat."

Louis, von robuster Gesundheit und imponierender Energie, ahnte bereits zu Lebzeiten den Zerfall dieser Ordnung. Die Staatsfinanzen waren in desolatem Zustand, außenpolitisch geriet Frankreich immer mehr unter Druck und im Inneren des Landes brodelte der Aufruhr. Anspruch und Wirklichkeit klafften weit auseinander und die Regeln, die der Sonnenkönig aufgestellt hatte, wurden ihm nun selbst zur Last.

So hatte er versucht, den Aberglauben durch „moderne Wissenschaft" zu ersetzen, doch als ihm die Zahnärzte alle Zähne zogen, um ihn „vor Krankheiten zu schützen", brachen sie ihm bei diesen Eingriffen auch den Unterkiefer. Im Winter fror er in den hohen unbeheizten Zimmern, doch aufgrund der von ihm selbst verfassten Etikette verweigerte er den Umzug. Kinder verbot er im Schloss, und sehnte sich doch so sehr nach ihnen, dass er im Vorzimmer seines Schlafgemachs Szenen spielender Kinder in Stuck an die Wände bringen ließ.

Auch in Liebesdingen wurde in dieser Epoche oft ein Doppelleben geführt: Liebesbriefe kursierten nie zuvor in dieser Anzahl und Poesie, doch nur selten wurden sie vom vermeintlichen Verfasser aufgesetzt. Ein Heer offizieller Briefschreiber verstand sich darauf, die Vorzüge der Angebeteten hoch zu loben. Im Gegensatz zur bürgerlichen Moral entwickelte sich die Kunst der Verführung. In den Gärten und Lustschlössern von Versailles fand dieses Treiben viel Raum. Kaum, dass der König in Anwesenheit tausender geladener Gäste bei den Feiern der „Freuden der verzauberten Insel" seine neue Mätresse vorstellte, begann unter den anderen Frauen am Hofe das Buhlen um die Nachfolge. Besucher aus dem europäischen Ausland berichteten dem verwunderten und wohl auch etwas neidvollen Publikum von zwei Mätressen, die der Monarch gleichzeitig in aller Öffentlichkeit hofierte. Louis XIV liebte die Frauen und verbot die weit verbreitete Sitte, Frauen auf offener Strasse, aus Konventen oder aus ihren Schlössern zu rauben, rühmte sich aber selbst dieser Strategie, wenn ihm danach war.

Erst als der König im fortgeschrittenen Alter die prüde und strenge Madame von Maintenon heiratete, wurde es am Hofe still. Ohne den Glanz der Feste, der Intrigen, der aufregenden Liebschaften und ohne die schillernde Anziehungskraft des Sonnenkönigs trat nun das kühle Versailles in den Vordergrund. Als Louis XIV starb, überlebte ihn sein fünfjähriger Erbfolger Louis XV. Die Regentschaft übernahm Philippe, der Herzog von Orléans und plötzlich wurde „alles fröhlich und lustig", wie Voltaire beobachtete. Eine neue Gesellschaft aus Aristokraten und Bürgerlichen, die obendrein von lockeren Finanzgesetzen profitieren, verlustierte sich köstlich. Der Regent zog von Versailles in die Stadt, und mit ihm Menschen aus allen Teilen Frankreichs. Überall wurde gebaut und gekauft. Luxus war begehrt: „Diamanten als Schönheitsflecken im Gesicht angebracht blendeten auf der Promenade und im Theater. Die Raserei auszugeben, anzuhäufen und zu sichern, hatte die Läden leer gefegt". Dann kam der Börsencrash von 1720, doch der Leichtigkeit tat dies kein Abbruch. Die finanzielle Zurückhaltung der folgenden Jahre belebte das Geistesleben; dass es bis zur Revolution an Prunk und Skandal mangeln könnte, ist bei Frauen vom Charakter der Madame de Pompadour oder einer Marie Antoinette ohnehin kaum vorstellbar!

Commodité, Exotismus und *Toilleterie* waren Schlüsselworte dieser Zeit. Statt in Holztruhen nach zusammengelegten Kleidern graben zu müssen, war es *comod* einen Schrank zu benutzen, statt kleine Luken mit Holzläden zu schließen, wurden nun die Fenster mit Glas versehen. Weil man Steinböden mit Holz verkleidete, wurde es in den Häusern wärmer und angenehmer. Aus der ganzen Welt wurden Waren nach Paris transportiert und oft imitierten die ausländischen Manufakturen den Stil der französischen Metropole. Paris wurde zur Welthauptstadt der Mode. Kostbare Stoffe aus Übersee konkurrierten mit exotischen Frisuren um die Aufmerksamkeit des Publikums. Chinesisches Porzellan in zartem Rosé und gehauchtem Grün ersetzte robustes Steingut und eignete sich viel besser, um die Modegetränke Tee, Kaffee oder Schokolade zu verkosten. Neu waren auch die Reinlichkeitsrituale der *Toilette*. Anstatt sich zu pudern und zu parfümieren, wusch man sich nun mit Wasser. Einige Damen empfingen ihre Liebhaber gar in der Badewanne, jedoch nicht ohne dem Wasser zuvor Mandelmilch hinzugefügt zu haben, um allzu ungenierte Blicke zu vermeiden.

Allseits geschätzter Zeitvertreib blieb die Liebe. Häufiger hörte man nun von einer *Ménage à trois* und von Festen, auf denen sich die Gäste maskierten und verkleideten, bevor sie sich miteinander in *Separées* vergnügten. Bei wärmeren Temperaturen zog es die Paare ins Freie, in die Tuilerien etwa, oder in den Bois de Boulogne. Weniger erotisch, doch selten ohne amouröse Nuance, waren die Treffen in den Salons der Pariser Gesellschaft. Sie wurden in der Regel von selbstbewussten Frauen geleitet, die es verstanden, ihren Charme und ihre körperlichen Reize ebenso einzusetzen, wie ihren verbalen Esprit. Diese Frauen standen nicht etwa am Rande des intellektuellen Lebens, sondern hatten Anteil an den spannendsten Diskussionen, die damals in Europa stattfanden. Sie sprachen mit Philosophen wie Diderot über das Leben der Tiefsee, sie lachten über den Witz Voltaires, und diskutierten über verschiedene Variationen des Orgasmus ebenso wie über die Ehe, wobei sie zu dem Ergebnis kamen, dass „die Ehe eine freiwillige Vereinigung zwischen freien Menschen" sei. Zugleich liebte man den Klatsch der Gesellschaft und hörte bei Laclos, dem Autor des Briefromans „Gefährliche Liebschaften" von der „soliden Freude innerhalb der Ehe". Jean-Jacques Rousseau meinte gar in seinen „Bekenntnissen", „dass der Tag, an dem ich meine Thérèse traf, mein moralisches Wesen konsolidierte: Manches Mal saßen wir bis nach Mitternacht gemeinsam bei einer halben Flasche Wein und ein paar Kirschen, etwas Brot und Käse und schauten vom Fenster im vierten Stock herab auf das Leben in der Strasse. Welch schmackhaftes Gewürz doch Freundschaft, Vertrauen, Intimität und Seelenfrieden darstellen können."

Ehe und Familie erfreuten sich ebenso großer Beliebtheit, wie Affären und Liebschaften. Bündnis und Eskapade lebten in neuer *cohabitation*. Ging eine Liaison dem Ende zu, litt man, aber wusste sich zu helfen: „Zweifellos", sinnierte eine Geliebte des Vicomte de Noailles, als sie verlassen worden war, „werde ich noch viele Liebhaber haben, doch keinen von ihnen werde ich so lieben, wie ich den Vicomte geliebt habe." Montesquieu erklärte dieses Verhalten stoisch mit dem Nationalcharakter: „Die Franzosen rühmen sich nicht ihrer Konstanz in Liebesdingen. Sie meinen, dass es für einen Mann genauso lächerlich wäre, einer Frau zu sagen, dass er ihr auf immer treu bleibe, wie dass er behaupte, er sei von nun an immer guter Gesundheit oder immer glücklich."

Die Ambivalenz der Liebe in Kunst umsetzen zu können, war nicht vielen vergönnt. Allzu leicht touchierte die Liebe die Pornographie, wenn private Auftraggeber von Künstlern intime Darstellungen forderten. Dagegen verfolgte die offizielle Kunst der Salons mit mythologischen und biblischen Themen weiterhin eine traditionelle Sichtweise.

Auch Jean-Honoré Fragonard schwankte zwischen diesen Extremen. Mit dem hohen „Prix de Rome" ausgezeichnet, malte der Gerühmte zwar viel Historisches; immer häufiger aber wendete er sich dem Erotischen zu. Mit seinem Meisterwerk „Der Riegel" (Louvre), das von Kupferstichen vervielfältigt in ganz Europa kursierte, verstand es Fragonard, die erotische Malerei salonfähig werden zu lassen: Im Halbschatten eines unaufgeräumten Apartments „befinden sich ein junger Mann und eine junge Frau. Er verschließt den Riegel an einer Tür, sie versucht ihn daran zu hindern. Die Szene spielt sich vor einem Bett ab, das durch die Unordnung den Rest des Sujets widerspiegelt," umschrieb galant ein zeitgenössischer Kunsthändler das Thema des Bildes. Die sich diagonal im Bild aufbauende Bewegung wird durch den Faltenwurf, Licht und Gestik provokant untermalt. Das Paar ist Teil dieser Bewegung, es strebt der Tür zu, doch just als in höchster Anspannung der Mann den Türriegel zuschnappen lässt, erstarrt die Szenerie. Fragonard lässt die Betrachter im Ungewissen. Mit etwas Fantasie erscheinen in den Falten des roten Vorhangs zudem weibliche und männliche Geschlechtsorgane, ganz so, wie es später bei einigen Surrealisten zu sehen ist. Voilá!

Fragonard wurde zum Symbol einer Zeit, die der *Douceur de vivre* anhing. Das Leben war für einige Auserwählte wie eine nicht enden wollende Komödie. Der Maler Jean-Antoine Watteau zeigte dieses

Leben voller Heiterkeit und Vergänglichkeit in seinem 1717 gemal-
ten „L'Embarkement a l'Ile Cythera". In diesem Bild des Louvre, das
die Naturliebe der kommenden Jahrzehnte vorwegnimmt, ist nicht
erkennbar, ob die dargestellten Paare bereits auf Kythera, der Insel
der Liebesgöttin sind, oder sich erst auf dem Weg dorthin befinden.
Ihrer Freude tut dies offensichtlich keinen Abbruch.

Watteau malte in einem Stil, der später als Rokoko in ganz Europa bekannt werden sollte. Den Namen erhielt diese Kunstrich-
tung, *typiquement Paris,* von der Doppelkurve, die in Form von
Muscheln, Blumen und Algen in Rosé, Türkis oder Violett aufge-
tragen wurde, als würde von diesen Farben ein zartes Gefühl oder
ein geheimnisvoller musikalischer Klang ausgehen. Um die Werke
Fragonards und Watteaus zu bewundern, bietet der Louvre die beste
Auswahl, doch auch die restaurierten Stadtpalais der Epoche lohnen
einen Besuch. Im Musée Jacquemart-André etwa offenbart sich die
Welt des exzentrischen Rokoko schon beim Nippen an der heißen
Schokolade oder beim Knabbern an einer exquisiten *Tarte Citron.*
Zumal von der Decke des Cafés ein von Tiepolo persönlich gemaltes
Affenschwänzchen baumelt.

6. LIEBE ZU ZEITEN DER REVOLUTION UND WÄHREND DES KAISERREICHS: JOSÉPHINE UND NAPOLEON BEI DAVID. AMOR UND PSYCHE BEI ANTONIO CANOVA

Das Jahr 1789 markiert einen Wendepunkt der europäischen Geschichte. Mit der französischen Revolution veränderten sich nicht nur die politischen und gesellschaftlichen Strukturen, sondern einmal mehr auch die Auffassungen von der Liebe.

Es war eine Zeit, in der viele Menschen um ihr Leben bangten, aber es war auch eine Ära, in der die Frauen mehr Rechte hatten als in den Jahrhunderten zuvor. Bald wurden die bürgerliche Hochzeit eingeführt und die Möglichkeit der Scheidung. Die Zahl derer, die davon Gebrauch machten, überraschte das Revolutionskomitee. Allein im ersten Jahr wurden in Paris 4000 entsprechende Anträge gestellt.

Manchen jedoch ging die Emanzipation zu weit. So erzürnte sich der Präsident des Revolutionskomitees über junge Frauen, die sich in Hosen statt in Röcken kleideten, und die ihr Haar mit Kappen statt mit Hüten bedeckten: „Ihr wollt Männer werden, als ginge es Euch nicht gut, so wie es ist? Was wollt ihr noch? Ihr regiert uns durch die Gefühle. Juristen und Anwälte liegen euch zu Füßen. Eure Macht ist die einzige, die wir nicht zerstören können, weil es die Macht der Liebe ist, und von daher ein Werk der Natur. Im Namen der Natur also – bleibt wie ihr seid!"

Auch Napoleon machte sich Gedanken über die Liebe und kam zu dem ernüchternden Ergebnis, dass „die Liebe eine Beschäftigung für Faulpelze ist, eine Ablenkung für Krieger und eine Falle für jeden

Politiker." Diese Ansicht sollte er bald revidieren. Vom Rang des ersten Konsuls zum Kaiser aufgestiegen erkannte er, wie sehr es der postrevolutionären Gesellschaft an Erziehung und Schliff fehlte. Er holte den Tanzlehrer Marie Antoinettes aus dem Exil zurück nach Paris und verschaffte den kaiserlichen Empfängen durch eine Beraterin Eleganz. Wenn die Damen der Gesellschaft als Ehefrauen oder Mätressen ihre Männer in den Krieg begleiteten, so traten sie wie diese zwar in Uniform auf. Nach den Kämpfen jedoch sah man sie nun wieder mit Seidenstrümpfen, Diamantenbroschen und mit Hüten. Das restliche Europa war verblüfft und versuchte, diese Frauen zu kopieren, so wie es zuvor die Sitten und Moden des *Ancienne Régime* kopiert hatte: Bald kamen die *petites filles françaises* derart in Mode, dass auch in Deutschland gewarnt werden musste, keine „Fisematenten" zu machen, d.h. keine Mädchen mit dem Ausspruch *„visite ma tente"* ins eigene Zelt zu locken. Frankreich, nein. Paris bestimmte wieder die Fantasie Europas. Was Napoleon und seine Generäle wohl kaum bedacht hatten war, dass gerade das Bild der freizügigen Französin den ausländischen Kriegsstrategen Schützenhilfe bot, um später ihre eigenen Truppen für eine „Reise" nach Paris zu motivieren.

Die Mode wurde überschwänglich und raffiniert. Schon war es verpönt, als *petite maitresse* dasselbe Kostüm zweimal zu tragen. Allein in einem Jahr 600 verschiedene Kleider und 365 Paar Schuhe zu tragen war nicht ungewöhnlich, und selbst die Möbel mussten ständig ausgetauscht werden, denn die Garderobe sollte stilistisch dem Mobiliar entsprechen. Niemand hatte in diesem Punkte so viel Geschmack wie Madame Récamier. Ihr Salon diente ganz Paris als Vorbild. Ihr Sofa war ihr Thron und ihr Bett ein Altar. Sogar Napoleon, der meinte „ein Seitensprung sei kein Phänomen, sondern nur ein Appetitanreger", unterhielt eine *relation intime* mit Julie Récamier.

Was Affären anbelangte, kannte Napoleon sich aus. Hatte er noch als junger Soldat verstohlen seine ersten Erfahrungen bei einer Dame gemacht, die ihrem Gewerbe unter den Arkaden des Palais Royal nachging, stellte er alsbald recht schamlos den Schauspielerinnen der Comédie nach. Seine spätere Frau Joséphine, von der er behauptete, er „habe nie jemanden so geliebt", war nicht glücklich über diese Affären, doch ihre Waffen in diesem Kampfe waren schärfer als die Napoleons. Während seiner Feldzüge erwiderte sie seine Liebesbriefe nicht und verheimlichte kaum ihre Eskapaden im heimischen Frankreich. Unruhig geworden schrieb ihr Bonaparte am 21. November 1796:

„Ich lege mich schlafen, meine kleine Joséphine, das Herz erfüllt von deinem anbetungswürdigen Bild, und betrübt, so lang fern von Dir zu sein; doch ich hoffe in einigen Tagen glücklicher zu sein und Dir nach Belieben Beweise der glühenden Liebe, die Du in mir erweckt hast, erbringen zu können. Du schreibst mir nicht mehr; du denkst nicht mehr an deinen guten Freund, grausame Frau! Weißt Du nicht, dass es ohne Dich, ohne Dein Herz, ohne Deine Liebe für Deinen Mann weder Glück noch Leben gibt. Guter Gott! Wie glücklich wäre ich, könnte ich dabei sein, wenn Du so reizend Toilette machst, die kleinen Schultern sehen, eine kleine weiße, recht feste und geschmeidige Brust; darüber ein kleines Gesicht mit dem kreolischen Kopftuch, zum Anbeißen. Du weißt, dass ich die kleinen Besuche nicht vergesse; Du weißt schon, der kleine schwarze Wald. Ich gebe ihm tausend Küsse und warte mit Ungeduld auf den Augenblick, dort zu sein. Ich gehöre ganz Dir, das Leben, das Glück, die Freude sind nur, wozu Du sie machst. In einer Joséphine leben, das heißt im Elysium leben. Kuss auf den Mund, auf die Augen, auf die Schultern, auf die Brust, überallhin, überallhin."

Joséphine antwortete noch immer nicht. Sie wusste, was sie tat. Bald schon hielt es den jungen Korsen nicht länger in der Ferne. Er tauchte wieder in Frankreich auf, was nebenbei auch seiner Karriere zugute kam. Dass die beiden sich gern ausgiebig und lautstark im Bett vergnügten, beweisen die Beschwerden der Anwohner des Schlosses von Malmaison bei Paris. Oft blieb ihnen, wenn Napoleon und Joséphine in wilde Liebesspiele verstrickt waren, nichts anderes übrig, als sich mit gottergebenem Blick die Ohren zuzuhalten. Auch eine berühmt gewordene Anweisung Napoleons, zeugt von drängender Leidenschaft. So ließ er, der sich täglich mit einer ganzen Flasche

Farinas Eau de Cologne einrieb, Joséphine ausrichten, dass er im Anmarsch sei und keine Verzögerung wünsche: „Wasche dich nicht!" Joséphines Strategie aus Zurückhaltung, Eifersucht und Hingabe war erfolgreich, selbst wenn sich Napoleon später von ihr trennen sollte, da sie ihm keine Kinder gebar. 1804 wurde sie Kaiserin Frankreichs und damit halb Europas.

Dieses Ereignis hielt der Maler Jacques-Louis David für die Nachwelt in „Le sacre", die Kaiserkrönung, fest, das sich heute in zwei fast identischen Gemälden sowohl im Louvre als auch in Versailles befindet. Der Titel des Bildes trügt, denn Napoleons Haupt schmückt bereits der kaiserliche Lorbeerkranz: So hält er die Krone in die Höhe, um sie Joséphine aufs Haupt zu setzen. Wirklich eindeutig ist seine Geste jedoch nicht, denn auch Joséphine müsste erst ihre Kopfbedeckung absetzen, um die Krone aus den Händen Napoleons zu empfangen. Tatsächlich ergaben Untersuchungen, dass Jacques-Louis David zwei Jahre nach der Krönung gravierende Änderungen am Gemälde vornehmen ließ. Erst wurde der Kaiser aus dem Bild gekratzt und dann an anderer Stelle so gemalt, dass es aussieht, als ob er Joséphine statt seiner selbst krönte. Ob Napoleon rechtzeitig von dieser Umgestaltung informiert worden war, ist nicht bekannt. Im Exil auf Sankt Helena jedoch erwähnte er „die kleine Intrige Joséphines mit David" und deutete damit an, dass Joséphine selbst ihre Hände im Spiel gehabt haben könnte.

Jacques-Louis David mag diese Umdichtung nicht schwer gefallen sein. Auf der sechs mal neun Meter großen „Kaiserkrönung" malte er den Erfordernissen der hohen Politik entsprechend Menschen, die am Ereignis gar nicht teilgenommen hatten und verzichtete dafür auf andere, die durchaus dabei gewesen waren.

Auch Antonio Canova, der große Bildhauer des frühen neunzehnten Jahrhunderts, wusste um die Möglichkeit des Künstlers, eine eigene Version der Realität zu kreieren. Im Gegensatz zu David jedoch, vermied er in der Regel die Darstellung lebender Persönlichkeiten.

Jacques-Louis David: die Kaiserkrönung. Louvre >>

Im Louvre ist Antonio Canova gleich mit zwei Interpretationen des antiken Paares Amor und Psyche vertreten, deren Liebesgeschichte Zuhörer seit jeher in den Bann zog:

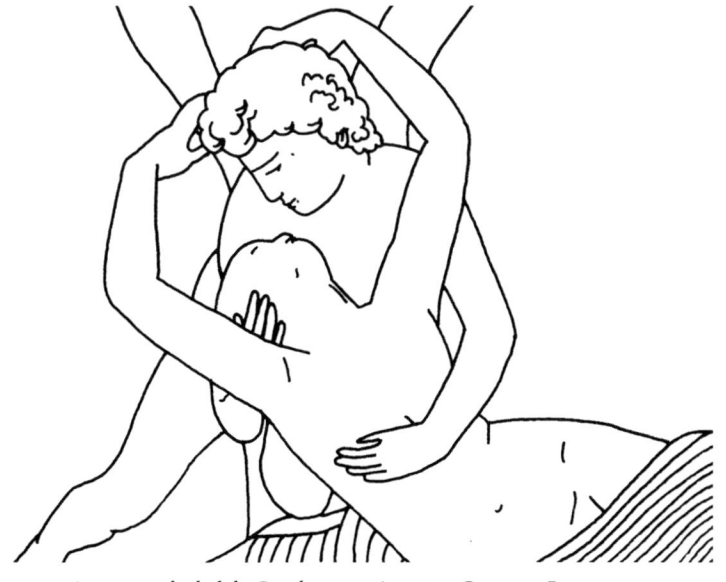

Amor wiederbelebt Psyche, von Antonio Canova, Louvre

Venus ist verärgert, als sie von der vollkommenen Schönheit der jungen Königstochter Psyche erfährt und trägt ihrem Sohn Amor auf, den Liebespfeil so zu lenken, dass Psyche sich in einen hässlichen Mann verliebt. Statt den Befehl der Mutter auszuführen, lässt Amor jedoch das Mädchen vom sanftmütigen Wind Zephyr in ein traumhaftes Schloss bringen. Dort besucht er sie jede Nacht, wobei er seine wahre Identität verborgen hält. Wacht Psyche morgens auf, ist der geheimnisvolle Gast bereits verschwunden. Als Psyche schwanger wird, fordern ihre Schwestern sie auf, die wahre Identität des geheimnisvollen Liebhabers zu ergründen. In der folgenden Nacht erkennt Psyche im Schein der Öllampe den wunderschönen Amor. Als sie ihn umarmt, fließt heißes Öl aus der Lampe auf den Körper des Gottes. Verwundet eilt er davon und lässt Psyche zurück. Nachdem

Venus erfahren hat, dass sich ihr Sohn in Psyche verliebt hat, ist sie außer sich. Sie lässt die junge Frau zu sich bringen und stellt ihr eine Reihe schwieriger Aufgaben, die Psyche jedoch mithilfe von Ameisen, einem Schilfrohr und einem Adler zu lösen vermag. Als ihr Aphrodite aufträgt etwas Schönheitssalbe aus der Unterwelt zu bringen, fällt Psyche in einen todesähnlichen Schlaf, aus dem sie erst Amor mit einem Flügelschlag erwecken kann. Zeus zeigt Erbarmen. Amor und Psyche dürfen heiraten, Psyche wird unsterblich und gebärt eine Tochter, die sie „Lust" nennt.

Antonio Canova gelingt es, diese Liebesgeschichte auf neue Art und Weise zur Geltung zu bringen und erlaubt sich einen besonderen Kunstgriff. Er neutralisiert die körperlichen Geschlechtsunterschiede Amors und Psyches, um die geistige Liebe der beiden sichtbarer werden zu lassen. Sowohl in der stehenden Version wie auch in der liegenden Gruppe „Psyché ranimée par le baiser de l'Amour" ähneln sich Psyche und Amor in ihrer jugendlichen Androgynität so sehr, dass ihre Sexualität unbedeutend wird. Amor beugt sich über Psyche und hebt ihren Kopf mit seiner rechten Hand, die linke liegt sanft auf ihrer Brust. Canova behandelt das Material so, dass es nicht mehr an einen kalten Stein erinnert. Der Marmor wirkt lebendig und transparent, das Ergebnis ist verblüffend. Das Tonnengewicht des Steins und die Körperlichkeit der Liebenden scheinen aufgelöst. Behutsam und liebevoll trägt Amor seine Psyche zum Olymp der Liebe.

7. DREIECKSBEZIEHUNG: RODINS „DER KUSS" UND CAMILLE CLAUDEL

Seit Revolution und Kaiserreich manifestiert sich die Liebe in der bürgerlichen Gesellschaft Frankreichs in vielen Variationen. Kann es sein, dass daher die auffällige Ungenauigkeit der französischen Sprache in ihrem erotischen Vokabular stammt? Lässt sie doch galant offen, ob der *ami* ein Bekannter ist, ein Freund oder ein Liebhaber; Ob man jemanden umarmt oder leidenschaftlich küsst (*embrasser*). Im Französischen kann ein *baiser* ein Kuss sein oder als Verb der sehr direkte sexuelle Vollzug. Und selbst das Wort lieben (*aimer*) kann benutzt werden, um einen alltäglichen Wunsch ausdrücken, als auch um sich der großen Liebe des Lebens zu erklären.

Die berühmten Liebespaare der vergangenen 200 Jahre verdeutlichen diese Vielfalt: die aufopfernde Liebe unter Wissenschaftlern (wie bei Marie und Pierre Curie), die romantische Liebe unter Poeten (wie bei George Sand und Alfred de Musset), die verbindende Liebe einer Salonière und eines Staatsmannes (wie bei Juliette Récamier und Chateaubriand), die homoerotische Liebe (dargestellt in den Malereien von Ingres, Delacroix oder David) oder die existentialistischen Liebe unter Philosophen (bei Simone de Beauvoir und Jean Paul Sartre). Nicht alle Liebenden banden sich in einer Partnerschaft. Stendhal und Balzac beispielsweise verbrachten die meiste Zeit ihres Lebens in flüchtigen Beziehungen, schätzten die Liebe aber deshalb nicht weniger. Balzac empfand Liebe als „die melodienreichste aller Harmonien" und erklärte, dass „die Frau wie ein delikates Lustobjekt ist, deren Saiten, Notenschlüssel, die zarten Noten ebenso wie die kapriziösen, verstanden werden müssen. So wie ein Musiker, der sein

Instrument jahrelang erlernen muss, bevor es eine Seele bekommt und eine Melodie erzeugen kann." Stendhal betonte die gesellschaftliche Bedeutung der Liebe: „Liebe ist wie eine Milchstrasse, eine glitzernde Vereinigung von tausenden kleinen Sternen. Liebe ist das Kennzeichen von Zivilisation, und nichts lässt sich mit der Kraft der alles verzehrenden Leidenschaft vergleichen."

Die Zitate Stendhals oder Balzacs erinnern an die Liebeslyrik der Troubadoure, während zur gleichen Zeit Charles Fourier genossenschaftlich organisierte Liebesgemeinschaften, die Emazipation der Frau und das Konzept der Freien Liebe propagierte, und Menschen aus ganz Europa nach Paris strömten, um die lockeren Sitten der französischen Hauptstadt zu erleben.

Ein Beispiel der „Pariser Moral" ist die käufliche Liebe. Obwohl sie in Paris schon zur Zeit der alten Römer im Thermengelände des heutigen Quartier Latin praktiziert wurde, entwickelte sich die Prostitution nun entlang der Boulevards. Hier gingen Frauen und Männer ihrem Gewerbe in Hütten nach, die aus Holzbrettern (*bordels*) gebaut waren. Diese Umgebung war alles andere als fein, woran noch heute die französische Sprache erinnert, wenn mit *bordel* auch ein Schweinestall oder eine unordentliche Teenager-Wohnung bezeichnet wird. Als der Gebrauch von Kondomen aufkam, war der Ruhm des Pariser Nachtlebens bereits so verbreitet, dass man unter „Parisern" nicht allein mehr die Bewohner der französischen Hauptstadt verstand. In dieser Zeit lockten die Pariser Damen ihre Kundschaft vermehrt aus dem Ausland herbei. Einige Briten liebten das Amüsement in den feineren Séparées. Fernab von prüder Moral sollen sich diese Gentlemen in Paris besonders gern beim „French Kiss" versucht haben, bevor sie zurück auf ihrer Insel, Zuhörer und Leser mit pikanten Details zum Staunen brachten.

Die Vieldeutigkeit der „Liebe" und die Doppelmoral der Zeit machte auch den Künstlern zu schaffen. Selbst der große Bildhauer Auguste Rodin hatte es schwer, das Publikum von der moralischen Integrität seiner Arbeiten zu überzeugen. Die Popularität von „Le Baiser" („Der Kuss") überraschte ihn:

„Sicher, die Umarmung im Kuss ist sehr attraktiv, doch ich habe nichts weiter in dieser Gruppe gefunden. Es ist ein akademisches Thema, und in vieler Hinsicht von der Umwelt so sehr getrennt, dass alle Aufmerksamkeit dem Paar gilt, anstatt die Horizonte zu öffnen und ins Träumen zu geraten."

Rodins Kommentar beweist, dass dem flüchtigen Betrachter der historische Kontext eines Werkes verborgen bleiben konnte. Schließlich wollte er mit seiner Arbeit nicht irgendeine Liebe darstellen, sondern die Paolos und Francescas. Dieses Paar hatte der große italienische Schriftsteller Dante Alighieri in seiner Göttlichen Komödie in die Hölle versetzt. Dante beschreibt, wie Gianciotto seinen gut aussehenden Bruder Paolo überredet, in seinem Namen um die Hand Francescas zu werben. Nur so glaubt Gianciotto die junge Frau für sich gewinnen zu können. Zwar heiratet Francesca Gianciotto, doch ihr Herz schlägt allein für Paolo.

„Einsam, keines Args sich bewusst," lesen Paolo und Francesca gemeinsam „von Lanzelot, wie Liebe ihn durchdrungen." Angeregt „eine Stelle nur, die uns bezwungen" küssen sich Paolo und Francesca „bebend mit dem Munde." In diesem Augenblick tritt Gianciotto ein, zückt den Dolch und ermordet Ehefrau und Bruder.

Auguste Rodin begann mit der Arbeit zu „Der Kuss" (1889) durch eine Vorstudie zur „Höllenpforte", einem Werk, an dem er 37 Jahre lang arbeitete, ohne es in der Gesamtschau verwirklichen zu können. „Der Kuss" ist ein Teil dieser Komposition. Hinter Francesca ist das Buch der Lanzelot-Legende zu erkennen. Sie drängt zum Kuss, ihr Bein ist auf seinen Oberschenkel gepresst, als Zeichen sexueller Vereinigung.

Rodin schuf neben „Der Kuss" weitere Paare. Im Musée Rodin sind einige von ihnen ausgestellt, z.B. „Fugit Amor" (1887), „Das ewige Idol" (1889) oder „Der ewige Frühling" (1884).

Lohnend ist der Vergleich mit „Sakuntala", das von Camille Claudel geschaffen wurde und ebenfalls zwei Liebende in enger Umarmung zeigt. Wie auch „Der Kuss", weist „Sakuntala" einen mythologischen Hintergrund auf. In dieser alten indischen Geschichte verliebt sich

ein Königssohn in eine junge Frau. Die beiden verloben sich und besiegeln den Bund durch einen Ring. Der Königssohn verspricht, Sakuntala bald zu sich in seine Residenz zu holen, doch als sie ihn dort besucht, weiß er nicht, wer die Schöne ist, da ihr durch den Fluch eines Asketen der Ring abhanden gekommen ist. Erst als ein Fischer später den Ring im Bauch eines Fisches findet, kann sich der Königssohn erinnern und führt Sakuntala als seine Braut ins Schloss.

Während „Der Kuss" eine lustvolle, sinnliche und kraftvolle Vereinigung verspricht, ist „Sakuntala" viel verhaltener. Neben diesem offensichtlichen Kontrast, verbindet beide Werke eine unsichtbare dritte Person. In „Der Kuss" ist dies der Ehemann Gianciotto, bei „Sakuntala" ein Asket, der den Fluch ausspricht.

Auch die Beziehung des Künstlerpaares Rodin – Claudel gewann besondere Dramatik durch eine dritte Person. 1864 hatte Auguste Rodin die hübsche Näherin Rose Beuret kennengelernt. Sie wurde sein Modell und seine Liebhaberin. Als ihr gemeinsamer Sohn später durch einen Fenstersturz zum Pflegefall wurde, kümmerte sich Rose um ihn ebenso, wie um die gebrechlichen Eltern Rodins. Als Auguste bereits ein erfolgreicher Bildhauer war, begegnete er der jungen Künstlerin Camille Claudel. Offensichtlich in leidenschaftlicher Liebe entflammt, schrieb er ihr im Herbst 1883:

„... An diesem Morgen lief ich stundenlang von einem unserer Plätze zum anderen, ohne Dich zu finden. Der Tod allein wäre süßer! Und wie lange noch soll dieser schreckliche Zustand andauern? Warum hast Du nicht auf mich im Atelier gewartet? ...In einem einzigen Augenblick trifft mich Deine ganze Macht, habe Mitleid, Du böses Mädchen. Ich kann so nicht weiter machen.... Grausame Verrücktheit, dies ist das Ende. Ich werde nicht weiter arbeiten können. Bösartige Göttin, und doch liebe ich Dich wie verrückt. Lass mich Dich jeden Tag sehen!"

Nicht, dass Camille Claudel kein Interesse an Auguste Rodin gefunden hätte, doch neben der romantischen Beziehung sah sie vor allem die Möglichkeit, in einer frauenfeindlichen Kunstszene an der Seite des großen Meisters eigene Arbeiten in Szene setzen zu können.

Camille Claudel erreichte es, dass Rodin eine *liaison indissoluble*, ein „unaufkündbares" Vertragswerk, unterzeichnete. Er versprach Camille Claudel als seine Schülerin zu akzeptieren, ihre Arbeit exklusiv zu unterstützen, alle Verbindungen zu früheren Modellen und Liebhaberinnen abzubrechen, mit Camille sechs Monate lang zu verreisen und sie danach zu heiraten. Als Rodin etwas später diesen merkwürdigen Vertrag nicht einhielt, ermahnte Claudel ihn ein ums andere Mal. Sie lockte ihn und machte doch unmissverständlich, was sie wirklich wollte: „Wenn Du nett bist und dein Versprechen hältst, dann sind wir im Paradies. ... Ich schlafe nackt und stelle mir vor, Du wärst hier, aber wenn ich aufwache, ist es nicht dasselbe. Küsse, Camille. PS: Vor allem betrüge mich nicht mit anderen Frauen."

In der Folgezeit distanzierte sich Auguste Rodin zunehmend von Camille Claudel und zog mit Rose Beuret an den Stadtrand von Paris. Camille Claudel verkraftete diesen Abstand nicht. Neben Rodin hatte sie gehofft, die eigene Kunst ins Licht rücken zu können. Doch der Durchbruch gelang ihr weder mit Rodin, noch ohne ihn. Sie hatte eine Affäre mit Claude Debussy und schuf den „Walzer", ein Werk, von dem Jules Renard annahm, dass dieses Paar den Tanz so schnell wie möglich beenden wolle, um miteinander ins Bett zu gehen und sich zu lieben. Bald fiel Camille Claudel in Depressionen. Die zwei Fassungen von „Das Reife Alter" (Musée Rodin und Musée d'Orsay) zeigen eine junge Frau, die einen reifen Mann an eine alte Frau verliert.

Auch Rodin versuchte die Trennung künstlerisch zu verarbeiten. Eines der letzten Porträts von Camille trug den Titel „Adieu". Danach schlugen die beiden getrennte Wege ein, verloren sich jedoch nie völlig aus den Augen. Rodin übernahm die Arztkosten, als Claudel bereits an psychologischen Verwirrungen litt und richtete in seinem Künstlerhaus ein Zimmer mit ihren Arbeiten ein. Dann heiratete er Rose, doch 17 Tage nach der Heirat verstarb Rose, nur Monate vor

Rodins eigenem Ableben. Auf dem Friedhof in Meudon bei Paris sind die beiden Seite an Seite bestattet.

Die Liebesgeschichte von Claudel und Rodin, der es an Dramatik und pikanten Details nicht mangelt, ist im Lauf der Jahre zu einem Mythos stilisiert worden. Jede Zeit interpretiert die Verbindung von Rodin und Claudel auf ihre Weise und rückt Momente in den Vordergrund der Betrachtung, die in anderen Interpretationen ausgespart bleiben. Mal wird das Genie Rodin beleuchtet, während Claudel in Vergessenheit gerät. Dann erhebt sich die Künstlerin aus dem Schatten des Meisters. Er selbst gerät in Misskredit, und wird bezichtigt, seine Schülerin zugunsten des eigenen Ruhmes ausgebeutet zu haben. Auch das Schicksal der „unsichtbaren Dritten" wird analysiert: Soll Rose etwa mit einem Gewehr auf Camille Claudel gezielt haben? Paul Claudel, der Bruder, tritt auf und greift polemisch Rodin an, seine Schwester zeichnet bissige Karikaturen von Rodin und Rose Beuret, und nebenbei wird die Liaison durch Affären auf beiden Seiten gewürzt – kein Wunder, wenn die Beziehung von Rodin und Claudel bis heute die Gemüter in Unruhe versetzt.

8. DIE FLÜCHTIGE LIEBE: DIE TANZENDEN VOM MOULIN DE LA GALETTE BEI AUGUSTE RENOIR

Pierre-Auguste Renoir war ein beflissener Maler. Sechstausend Bilder soll er gemalt haben und sein Eifer verließ ihn auch am Ende des Lebens nicht: „Ich habe das Gefühl, heute etwas gelernt zu haben", waren Renoirs Worte auf dem Sterbebett.

Seine Bilder entstanden vor dem Hintergrund der Industrialisierung und tiefgreifender sozialer Veränderungen, die der Schriftsteller Charles Baudelaire 1863 in seinem Essay Le Peintre de la vie moderne (Der Maler des Modernen Lebens) zum Anlass nahm, einen Appel an die Künstler zu richten, um den Alltag der grossen urbanen Zentren zu malen. Ein Rundgang durch die Pariser Sammlungen der Impressionisten im Musée d'Orsay oder im Musée Marmottan offenbart jedoch, dass nur Wenige der Baudelaire'schen Formel entsprachen.

Zwar faszinierte Claude Monet das Farbenspiel des Lokomotivrauchs im Bahnhof St. Lazaire oder die Ästhetik der Schiffe im Hafen von Argenteuil, doch die meisten Bilder zeigen Landschaften, Stillleben und Seerosen. In der Epoche, als Eisenbahnen, Telegrafen, Fotoapparate und Massenmedien den Alltag bestimmten und in der Ferne grausame Kolonialkriege geführt wurden, wandten sich viele Künstler vom modernen Leben ab. Mag sein, dass sie gelegentlich Arbeiter malten, Tänzerinnen im Ballett oder das Leben in den Bars am Montmartre, doch ihre Bilder zeigen nur in Ausnahmefällen Falten, Schweiß und soziale Unterschiede. Die allgegenwärtige Ausbeutung der Frauen oder die Lebensbedingungen von Straßenkindern etwa, wurden kaum aufgegriffen.

Stattdessen malten sie die Ruhe einer Flusslandschaft, das Lichtspiel im Wald oder die Heiterkeit von Ausflüglern in einem Park. Die Freiluftmalerei des *en plein air* führte zu einer differenzierten Beobachtung der Lichtverhältnisse, die in der Verwendung von Pastelltönen und dem Zeichnen weicher Konturen zum Ausdruck gebracht wurde. Verlaine, der große französische Romantiker, sprach in diesem Zusammenhang vom „unbestimmten Duft, der verschwommen ist und ganz aufgelöst in Luft."

Claude Monet erklärte: „Wir wollen das Licht einfangen und unmittelbar auf die Leinwand werfen." Auch Renoir war nicht an der sozialen Realität interessiert: „Für mich muss ein Bild liebenswert sein, es muss gefallen, und es soll hübsch sein, ja – es hat hübsch zu sein. Es gibt schon genügend unerfreuliche Dinge in dieser Welt, als dass wir ihnen noch neue hinzufügen müssten."

Obwohl Frankreich gerade den Krieg gegen Preußen verloren hatte, was neben horrenden Wiedergutmachungen auch die Schmach zur Folge hatte, die deutsche Reichsgründung im Schloss von Versailles zu dulden, malte Renoir das lustige Leben am Montmartre. In diesem Dorf vor den Toren von Paris schien die Welt noch in Ordnung zu sein. Mit den Verordnungen und Erlassen der Hauptstadt hatte man auf diesem höchsten Hügel von Paris wenig zu schaffen. Bis heute künden davon die *dentes creusées*, die schmalen Häuser, die wie schiefe Zähne in den Himmel ragen, während in Paris der Baron von Haussmann Geschosshöhen verordnete und Straßenzüge begradigte. Vom Montmartre aus betrachtet, tauchten Politik, die Schulden und die Fabrikschlote allemal als Silhouetten in der Ferne auf. Besonders in „Le Moulin de la Galette" schien die Moderne Lichtjahre entfernt: Lange bevor in einer gewissen „Roten Mühle" der Cancan geboren wurde, wurde auf dem Hügel Wein ausgeschenkt und die leckeren flachen *Galettes* mit feinem Mehl gebacken, für die manch einer gerne den langen Fußmarsch aus der Stadt in Kauf nahm.

Der Tanz von Jean-Baptiste Carpeaux an der Oper Garnier >>

Pierre-Auguste Renoirs Bild sommerlicher Lebensfreude und Ausgelassenheit in „Le Moulin de la Galette" wurde zur Ikone dieser Zeit. Unbeeindruckt von sozialen Spannungen kamen sich Männer und Frauen bei Wein, Musik und Tanz näher. Der Rhythmus von Polka, Walzer und Quadrille trug die Feiernden aus den Nöten hinweg in eine leichtere, fröhlichere Welt.

Wer waren die Menschen, die sich im Hofe der Moulin de la Galette trafen? Die Dargestellten in Renoirs Bild lassen sich identifizieren: Am rechten Bildrand etwa beobachtet ein junger Herr mit Stift und Strohhut das bunte Treiben. Vor ihm steht eine Flasche mit Granatapfelsirup. Es ist Georges Rivière, der als Beamter im Finanzministerium arbeitet und Geld und Muße hat, dem munteren Treiben beizuwohnen. Eines Tages wird er Chef im Kabinett des Finanzministers werden und ein Buch über Renoir schreiben. Zu seiner Rechten sehen wir Norbert Goeneutte, der erst eine notarielle Lehre durchlaufen musste, bevor er nach dem Tode seines Vaters Maler werden konnte. Auf der linken Seite des Bildes tanzt Marguerite Legrand mit dem Maler Pedro Vidal. Zwei Jahre später wird sie an Typhus erkranken und sterben. In der Bildmitte schließlich finden wir Jeanne, die sich über ihre jüngere Schwester Estelle neigt. Beide arbeiten als Näherinnen und leben am Montmartre, ihr Vater ist Maurer und Alkoholiker, die Mutter Waschfrau. Renoir malte beide des Öfteren und bezahlte sie – eine willkommene Gelegenheit für arme Mädchen, die mit ihrem Lohn als Näherinnen kaum überleben konnten.

In „Tanz in der Stadt" (Musée d'Orsay) unterstrich Renoir durch einen Palmengarten das elegante Ambiente. Kaum sichtbar führt der schwarz gekleidete Mann den Schritt, verdeckt von der weiß gekleideten Frau. Die Dynamik seiner Bewegung zeigt sich an der Körperhaltung und am wehenden Frack. Selbst sein dunkles Haar ist voll des Schwungs. Außer dem Ohr und einer Augenbraue ist von seinem Gesicht nicht viel zu sehen. Fest umschließt sein rechter Arm die Taille, die linke Hand dagegen hält zart die rechte der jungen Frau. Sie zeigt uns ihr Profil, ihre rosigen Wangen, den leicht geöffneten Mund und die Grazie der Finger. Ihr Nacken ist frei, das kastanienfarbene Haar ist mit einer rosa Blume hochgesteckt. Ihr Rücken ist unbedeckt, auf Zehenspitzen schwebt sie über den Tanzboden. Sie strahlt Ruhe und Gewissheit aus, ihr Blick löst sich im Nichts auf, sie wirkt wie eine Skulptur.

Die Dame ist Suzanne Valadon, die nicht nur Renoir Modell gestanden hatte, sondern auch Edgar Degas oder Toulouse-Lautrec. Aus einfachen Verhältnissen stammend hatte sie schon als Kind in den Wäschereien ihres Viertels arbeiten müssen. Als junges Mädchen entschied sie sich, Akrobatin in einem Zirkus zu werden, doch als sie im Alter von fünfzehn Jahren aufgrund eines Unfalls ihre Karriere frühzeitig beenden musste, schien es, als würde ihr das Schicksal vieler Frauen am Montmartre nicht erspart bleiben. Tatsächlich aber gelang es Suzanne Valadon als Künstlerin Karriere zu machen.

9. DIE FARBE DER LIEBE: MARC CHAGALL UND BELLA

Durch ein Leben in Armut wird der Handwerker zum Künstler, heißt es bisweilen, wenn über das Pariser Künstlermilieu des ausgehenden 19. und des frühen 20. Jahrhunderts geschrieben wird. Als erhebe sich die Biographie umso strahlender und unangreifbarer, je düsterer ihr materieller Hintergrund ist.

Auch Marc Chagall blieb die Anerkennung als Künstler lange verwehrt. Erst wies ihn die Kunstakademie in St. Petersburg ab und in Paris beklagte er, dass niemand seine Bilder kaufe. In der berühmten „La Ruche", dem Bienenstock-Atelier am Montparnasse, experimentierte er kurz mit dem Kubismus, ohne sich einer Künstlergemeinschaft anzuschließen. Er zählte dennoch viele Freunde und begeisterte sich für die französische Hauptstadt: „In Paris habe ich alles gefunden. Die Stadt war auf Schritt und Tritt meine Lehrmeisterin, in allem. Die Markthändler, die Kellner, die Portiers, die Bauern, die Arbeiter. Sie umgab etwas von jener erstaunlichen Freiheit, die ich nirgendwo anders gefunden habe."

Paris war für Chagall nicht nur Zwischenstation. Als er von Weißrussland nach Frankreich kam, wusste er noch nicht, dass seine ursprüngliche Heimat durch die politischen Geschehnisse der Revolution, zweier Weltkriege, des Holocausts und der Abwanderung der Überlebenden nach Israel neu definiert werden würde. Chagalls Landschaft der jiddischen Kindheit ging zu seinen Lebzeiten unwiederbringlich verloren. Als seine Kunst in der Sowjetunion keine Unterstützung fand, verließ Chagall das Land: „Weder das zaristische Russland noch das sowjetische Russland brauchen mich. Ich bin ihnen ein Mysterium, ein Fremdling. Vielleicht wird mich Europa ja lieben, und nicht nur mich, sondern auch mein Russland".

Man könnte fragen, warum nichts von den großen Umbrüchen und Verwerfungen der Zeit in seiner Malerei zu finden ist. Wo man dunkle Farben, entsetzte Linien und schweren Pessimismus erwarten könnte, leuchten stattdessen Komplementärfarben. Als beschreibe er ein friedvolles Arkadien, formulierte Chagall seine sehr persönliche Farbenlehre: „Alle Farben sind die Freunde ihrer Nachbarn und die Liebhaber ihrer Gegenteile." Und: „In unserem Leben gibt es eine einzige Farbe, in der sich die Kunst und das Leben widerspiegeln. Es ist die Farbe der Liebe."

1909 lernte er Bella kennen. Die Art, wie Chagall zum ersten Mal seine Geliebte malte, überraschte seinen Freund Isaac Kloomok: „Der junge Künstler von 20 Jahren, der zukünftige Dichter der Liebe, der niemals müde wird, von jungen Liebenden zu singen, malt hier seine eigene Geliebte, ein junges, zärtliches Mädchen voller Grazie und Liebenswürdigkeit, voll von funkelndem Geist, voll von Glück und Lebensfreude, die junge und seelenvolle Bashke (Bella), frisch, einbildungsreich und verspielt. Hier malt sie ihr stolzer Liebhaber, steif, kalt und qualvoll ernst, so als ob sie die tragische Muse wäre. Nicht ein Tropfen warmen Blutes, weder in dem Mädchen, noch in ihrem Liebhaber, so als ob er keine Freude an ihr hätte ... Der Künstler hat mir erzählt, dass seine Liebe für das Mädchen ungewöhnlich rein und ideal gewesen wäre. Obwohl er sich vom ersten Anblick an in sie verliebt hätte, konnte er sie ehrlich und aus unschuldigem Herzen seine Schwester-Braut nennen. Wenn er die Gewohnheiten junger Männer mit anderen Mädchen hatte, für seine Braut hatte er nur spirituelle Liebe, seine männlichen Instinkte verschwanden vollständig oder sublimierten sich. Er kannte nur reine, idyllische und zarte Bindungen mit ihr ..."

Noch bevor das Paar sich berührt hatte, malte er Bella nackt und schrieb später über dieses Bild: „Bella liegt auf einer Couch. Ich nähere mich zitternd. Ich gestehe, ich sah das erste Mal eine nackte Frau. Obwohl sie fast meine Verlobte war, fürchtete ich doch heranzutreten, mich zu sehr zu nähern, etwas von diesem Guten zu berühren ..."

Marc Chagall: Liebespaar. Decke der Oper Garnier. >>

Am nächsten Tag tritt Mutter zu mir und sieht dieses Bild. ‚Was ist das?‘ ... Ich schäme mich. ‚Nimm dieses Mädchen fort!‘ sagt sie." Chagall gehorchte der Mutter und übermalte das Bild seiner nackten Verlobten mit einer Begräbnisprozession. Kurz nach der Hochzeit malte er zum ersten Mal sich und Bella als fliegendes Liebespaar. Bella erinnerte sich: „Plötzlich hast Du mich vom Boden emporgehoben und bist mit einem Fuß hochgesprungen, so als sei nicht genug Platz für Dich in diesem engen Raum. Du hast Dich in die Luft katapultiert, hast Dich zur vollen Größe ausgebreitet und schwebtest an der Decke. Dein Kopf war zu einer Seite gerichtet, und so hast Du auch meinen Kopf zu Dir gedreht."

Chagall wurde nicht müde, Liebespaare zu malen. Nach Bellas Tod im Jahr 1944 wurden die Farben fröhlicher. Erst jetzt wuchsen seinen männlichen Figuren Geschlechtsorgane.

Das Centre Pompidou besitzt eine Reihe von Bildern und Zeichnungen mit Liebespaaren. Manchmal küssen die Abgebildeten sich („Le Baiser de Chloé") oder liegen gemeinsam im Gras („La Leçon de Pheleas"). In „Hochzeitspaar mit Eiffelturm" hält der Ehemann seine Braut sanft im Arm. 1964 schloss sich ein Kreis mit der Bemalung der Decke in der Alten Oper Garnier: Für Chagall war die Beschäftigung mit der Bühne nichts Neues. Bella hatte am Theater gearbeitet und er selbst war besonders fasziniert von Schauspiel und dem Zirkus: „Ich habe immer die Clowns, Akrobaten und Schauspieler als tragische Figuren empfunden." Chagall brachte die Oper in leuchtenden Farben mit Eiffeltürmen und Liebespaaren zum Glühen und erklärte „Trotz all der Schwierigkeiten in unserer Welt, habe ich in meinem Herzen weder die Liebe aufgegeben, mit der ich aufwuchs, noch die Hoffnung auf die Liebe." Und er folgert: „In der Kunst wie im Leben ist alles möglich, wenn es auf Liebe gegründet ist."

10. PABLO RUIZ PICASSO

„Das Wort Treue gehört aus dem bürgerlichen Gesetzbuch gestrichen", forderte ein ehemaliger Parlamentarier kurz nach dem ersten Weltkrieg und der Schriftsteller Renaud meinte, dass auch die „Gehorsamkeit der Frau gegenüber dem Manne" nichts in den Gesetzen zu suchen habe. Die Ehe sei eine Tyrannei und sollte zeitlich begrenzt werden, forderten andere. Die jüngsten Enthüllungen der Psychoanalyse schockierten die konservative Welt und unterstützten diejenigen, die eine freie Sexualität forderten: „Liebe ist tierisch, darin liegt ihr Reiz" (Rémy de Gourmont). Andere entdeckten die Bedeutung der Intuition und beschworen die Männer, dass ein „guter Liebhaber den inneren Rhythmus der Partnerin erahnen kann." Der Bestseller der Zwanziger aber war Victor Marguerittes „La Garçonne": Die neunzehnjährige Monique entdeckt, dass ihr Ehemann sie betrogen hat und rächt sich, indem sie mit jedem, der ihr über den Weg läuft, ins Bett steigt. Sie will „ihr eigenes Leben leben" und versucht sogar, ein Kind allein großzuziehen. Das ganze endet schließlich im bürgerlichen Happy End. Sie findet in einem ehrlichen einfühlsamen Mann ihre große Liebe.

„La Garçonne" löste einen Skandal aus, der weit über die Grenzen Frankreichs hinausstrahlte. Selbst im fernen Chile kam es zu erregten Debatten und einem Druckverbot. Das Buch wurde in viele Sprachen übersetzt und bildete die Grundlage einer Diskussion über die „Moral der Jugend in Frankreich". In Deutschland warb der Buchhandel für „La Garçonne" indem er es als „eine Studie der jungen Französinnen" bezeichnete und französische Botschafter befürchteten, dass ausländische Eltern ihrem Nachwuchs die Lektüre französischer Literatur verweigern könnten.

Es ist davon auszugehen, dass Pablo Picasso über Fragen der ehelichen Moral und Tugend seine ganz eigene Meinung hatte. Picasso hatte Kinder mit verschiedenen Frauen und eine Menge Mätressen nebenbei. Wenn eine Beziehungen zu Ende ging, begann für ihn eine neue Phase: Meist zog er um, er baute sich einen neuen Freundeskreis auf und malte die Neue. Mehr als einmal erklärte er: „Sex und Kunst sind dasselbe".

Pablo Picasso: Figuren am Ufer des Meeres. Musée Picasso

Seine Porträts zeigen die angebeteten Musen ebenso wie die Prostituierten. Er malte seine Verlassenen und die Mütter seiner Kinder: Sie alle wurden zur kreativen Inspiration. Zunächst war dies Fernande Olivier, mit der er sieben Jahre lang zusammen lebte und der er mehrfach einen Heiratsantrag machte. Hartnäckig verweigerte sie ihm das Jawort. Erst später offenbarte sich, warum sie so beharrlich blieb: Sie war bereits mit einem anderen verheiratet! Er malte sie wie eine Venus, anmutig, inszeniert, im klassischen Sinne schön. Und kurz darauf kubistisch. Inspiriert von den Formen der ethnischen Kunst seiner iberischen Heimat und den Skulpturen Afrikas, verzichtete er auf das Ordnungsprinzip der Zentralperspektive und erklärte seine Methode: „Wenn man ein Bild beginnt, macht man oft hübsche Entdeckungen, vor denen man sich in Acht nehmen sollte. Man muss das Bild zerstören, es mehrere Male überarbeiten. Jedes mal, wenn der Künstler eine schöne Entdeckung zerstört, unterdrückt er sie nicht. Er wandelt sie vielmehr um, verdichtet sie, macht sie wesentlicher." Objekt und Publikum kommunizieren miteinander. „Die quer stehende Nase habe ich absichtlich gemacht. Ich habe getan, was nötig war, damit die Menschen gezwungen sind, eine Nase zu sehen."

Er lernte Eva Gouel kennen und dann Olga Kokhlova. Sie empfand bei der ersten Begegnung „an ihm nichts wirklich besonderes, obwohl dieser merkwürdig intensive Ausdruck, diese Ausstrahlung, das innere Feuer das man spürte, ihm eine Art Magnetismus verlieh, dem ich mich nicht entziehen konnte. Als er seinen Wunsch ausdrückte mich näher kennen zu lernen, war ich sehr erfreut." Die beiden zogen zusammen, doch das wohl geordnete Familienleben irritierte Picasso. Bald schon nannte er Olga „meine Kastratin". Er malte Olga zusammen mit dem Sohn Paulo, doch ist ihr Gesicht nicht immer ihr eigenes: Picasso überlagerte es eine Zeit lang mit dem Kopf von Sara Murphy. 1917 sah die Russin eher nach einer Spanierin aus, dann erschien sie in seinen Bildern ernsthafter. Ab 1925 erhielten seine Paare immer häufiger Körperteile mit scharfen Umrissen oder spitze Zähne wie in einer Serie von 1929. Zwei Jahre später malte er eine dreieckige Zunge. Als sich Picasso von Olga Koklova trennte, weigerte sie sich lange, in die Scheidung einzuwilligen. Sie schrieb ihm täglich und verfolgte ihn aus Eifersucht Tag und Nacht.

Das Musée Picasso zeigt viele Werke, die der Künstler in der Bretagne an der Küste bei Dinard malte. In „Figures au bord de la mer" stellte er in einer Komposition aus Tatzen, schlangenartigen Armen und ausradierten Mündern ein Paar dar, bei dem Mann und Frau im Kampf lustvoll miteinander zu verschmelzen scheinen. Nackte

Körper, die hitzig aufeinander treffen und deren Gliedmaßen wie losgelöste Lustorgane kreisen.

Sah er, was ihm gefiel, brachte Picasso die Sache schnell auf den Punkt: „Sie haben ein schönes Gesicht. Ich möchte Sie malen. Ich heiße Picasso." Das schöne Gesicht, das er in diesem Falle so gerne malen wollte, war das von Marie Thérèse Walther. An ihr faszinierte ihn die Hingabe, mit der sie sich ihm opferte und ihn dadurch zu einem Minotaurus machte, diesem Fabelwesen mit menschlichem Körper und Stierkopf, das vor Kraft nur so strotzt. In seinen Bildern verletzte er sie mit seinen Hörnern, während sie auf sein Eindringen mit aufgerissenen Augen und weichem rundem Körper wartete. Als Marie-Thérèse mit der Tochter Maya schwanger wurde, verlor sie die Rolle der Muse an Dora Maar. Nach Picassos Tod beging sie Selbstmord.

Auch die Photographin Dora Maar diente ihm als Stoff für die Umsetzung des Mythos vom Stierungeheuer. In „Dora und der Minotaurus" (1936) potenzierte sich die gewalttätige Spannung zwischen männlichem und weiblichem Element, bald spiegelten ihre Porträts Verzweiflung und Aussichtslosigkeit. Vor dem Hintergrund des spanischen Bürgerkriegs und des zweiten Weltkriegs zeigen Picassos Bilder eine junge Frau, die Angst und Schrecken verbreitet und zugleich durch die Vitalität ihrer Farben fasziniert. In keinem anderen Porträt wird deutlicher, was Picasso nicht wollte: Er lehnte es ab zu beschwichtigen und zu gefallen; in den Porträts von Dora Maar offenbarte er seine Rastlosigkeit und provozierte den Betrachter. Als Picasso sie verließ, hatte sie einen Nervenzusammenbruch.

Lediglich eine Frau blieb langfristig an Picassos Seite. „Nur sie langweilte mich nicht." Françoise Gilot lernte er im Mai 1943 in seinem Pariser Stammlokal Le Catalan nahe der Métro Odéon kennen. Françoise war selbstbewusst, und schon bei der ersten Begegnung konterte sie gewandt seine chauvinistischen Bemerkungen über malende Frauen.

Er lud sie und ihre Freundin in sein Atelier ein und malte im Frühjahr 1944 die ersten Porträts. Er zeigte sie frontal und nicht wie bisher meist im Halbprofil oder Profil, distanziert, in heiterer Weiblichkeit. An diesem Bild sollte sich nichts ändern. Als Françoise das zweite Kind zur Welt brachte, malte Picasso sie als eine Herrin, die weder gut noch böse ist. Françoise ist geheimnisvoll, unnahbar und ernst zu nehmen. Bis zuletzt. Denn nach zehn Jahren des gemeinsamen Zusammenlebens, war es Françoise, die sich von Picasso trennte.

Picasso malte Frauenporträts und viele Paare, aber nie setzte er sich in seinen Bildern als Liebender an die Seite einer Frau. Zwar interpretierte er in seinem Werk ausführlich das Thema Erotik und Sexualität, aber er bevorzugte die Rolle des Betrachters. Manche seiner Bilder sind wie Karikaturen und auf groteske Art humoristisch. In anderen spürte er wie ein akribisch arbeitender Wissenschaftler Konturen auf und Licht und Schatten, Reflektionen und perspektivische Brüche. Er malte die Frauen aus allen Winkeln und blieb deshalb in gewisser Weise ein Leben lang Kubist, der die Welt vornehmlich von der Seite sieht. Erst spät finden sich in seinen Werken Hinweise auf eine private und persönliche Liebesgeschichte.

Das Musée Picasso präsentiert besonders das Alterswerk des Künstlers. Hatte sich Picasso zeitlebens eher mit den gegensätzlichen Anziehungskräften der Paare beschäftigt, so war er im Alter bereit, von der Liebe und damit vom Leben selbst zu singen in Farben, mit denen er noch nie arbeitete und die eine fast intime Nähe suggerieren. Lange hielt dieser für ihn geradezu abstrakte Zustand jedoch nicht an, denn bald schon wieder drang die Erotik machtvoll in den Vordergrund, als gelte es, damit die Lebensgeister zu wecken. Die Genitalien wurden riesig, die Szenen immer eindeutiger und wenn er zeigt, wie erregte Satyren flüchtenden Nymphen hinterhereilen, ist das nicht ohne Komik. Nun arbeitete Picasso wieder so, wie er es mit größtem Erfolg ein Leben lang tat: „Es ist mein Pech und wahrscheinlich meine größte Freude, die Dinge so zu verwenden, wie Lust und Neigung es mir eingeben. Wie betrüblich für den Maler, der Blondinen liebt und sie nicht in seinen Bildern malen darf, weil sie nicht zum Obstkorb passen! Und wie grässlich für den Maler, der Äpfel nicht ausstehen kann und sie doch die ganze Zeit verwenden muss, weil sie so gut zu der Tischdecke passen! Ich verwende in meinen Bildern alle Dinge, die ich gern habe. Wie es den Dingen dabei ergeht, ist mir einerlei – sie müssen sich eben damit abfinden."

1968, wenige Jahre vor seinem Tod, beschäftigte ihn das Sexualleben großer Maler der Geschichte. Er stellte sich vor, wie der Renaissancekünstler Raphael eine Mätresse besteigt, während Papst Julius II als Voyeur zuschaut. Manche dieser Bilder wurden als obszön bezeichnet und dem ausgewählten Publikum nur hinter verschlossenen Türen gezeigt. In „Der Kuss" (1969), gemalt einen Tag nach seinem 88. Geburtstag, erschienen die Umrisse seiner Figuren hart und unversöhnlich. Es ist, als kämpfe Picasso ein letztes Mal gegen die Sterblichkeit.

11. DOINEAUS KUSS VOR DEM HÔTEL DE VILLE ODER DIE LIEBE DES AUGENBLICKS

Das letzte grosse Kapitel der Pariser Geschichte der Liebe beginnt nach dem Zweiten Weltkrieg. Oder, wie der Schriftsteller Patrick Buisson in seinem Buch „1940-1945 Années Erotiques" (2008) meint, bereits während der deutschen Besatzungszeit. Buisson irritierte manche seiner Landsleute mit der Behauptung, dass einige Franzosen und Französinnen in diesen Jahren ausgelassen mit Champagner feierten, während andere voller Entbehrungen in der Resistance arbeiteten. Hatte doch schon Simone de Beauvoir bestätigt, dass „es allein während dieser Nächte war, dass ich die wahre Bedeutung des Wortes Fest begriff" und auch Jean-Paul Sartre urteilte: „Wir waren nie so frei wie unter der deutschen Besatzung." Nicht nur die Rolle der deutschen Besatzungssoldaten in Paris ist bis heute umstritten, sondern auch der deutsche Militärgouverneur Dietrich von Choltitz, der den Befehl Hitlers, Paris im August 1944 zu zerstören, missachtete.

Dass die Architektur von Paris den Zweiten Weltkrieg relativ unbeschadet überstand, während halb Europa unter Schutt und Asche versunken lag, faszinierte Holywood. Schon bald drehten amerikanische Stars vor der Pariser Kulisse und riefen enthusiastisch aus: „Diese Pariser küssen zu Wasser und zu Lande, sie küssen einfach überall – und überall hin." (Billy Wilder in „Liebe am Nachmittag"). Andere Medien taten es der Filmindustrie nach. Die Zeitschrift *LIFE* liess in ihrer Fotoreportage „Speaking of Pictures" Pariser Liebespaare fotografieren, die sich voller Hingabe, und wie selbstverständlich, ihrem Partner widmeten, ohne dabei Notiz von der Umwelt zu nehmen.

Diese Arbeit übernahm Robert Doisneau. Wie ein Forscher zog er durch den Großstadtdschungel, um für ein fernes Publikum exotische Sitten und Gebräuche zu dokumentieren. Ihm gefiel die Methode des Flaneurs. Er wusste seine Entdeckungen in Szene zu setzen. Im März 1950 saß Doisneau auf der Terrasse des Café Le Villars beim Invalidendom. Plötzlich kam ein Liebespaar vorbei und küsste sich. Doisneau ging sofort auf die beiden zu und fragte sie, ob sie es sich vorstellen könnten, diesen Kuss an anderen Orten in Paris gegen Honorar zu wiederholen. Er hatte Glück, denn Françoise Bornet, eine Schauspielschülerin, und ihr gleichaltriger Freund Jacques Carteaud waren bereit, vor seine Kamera zu treten.

„Er hat fünf oder sechs Posen aufgenommen. Es dauerte ungefähr einen halben Tag", erinnert sich Françoise Bornet. Ein Bild wurde in der Rue de Rivoli gemacht, eines an der Place de la Concorde und drei Fotos vor dem Hintergrund des eleganten Pariser Rathauses. Für diese Fotos setzte sich Doisneau mit seiner Rolleiflex in die zweite Reihe der Terrasse des Café de l'Hôtel de Ville, rue de Rivoli 70. Oder, um präzise zu sein, an den achten runden Tisch von rechts, direkt unter das „C" des Wortes Café.

Warum Doisneau es für notwendig fand, die Szene zu inszenieren? In einem Interview 1992, zwei Jahre vor seinem Tod, erklärte er, „dass er es nie gewagt hätte, ohne juristische Erlaubnis ein Liebespaar auf der Strasse für eine Zeitschriftenreportage zu fotografieren." Dabei gilt gerade Doisneau als Meister der ungekünstelten Pose. Zwar machte er sein Geld mit Modeaufnahmen im Atelier und fälschte im Krieg Passfotos, um die Resistance zu unterstützen. Doch seine wahre Leidenschaft galt den unverfälschten Augenblicken, die er in mehr als 400000 Aufnahmen fest hielt.

Es dauerte lange, bis das Foto den Künstler berühmt machte. In der Zeitschrift *LIFE* war Robert Doisneau nicht einmal namentlich erwähnt worden, obwohl er bereits Preise für seine Arbeiten gewonnen hatte und für die *Vogue* fotografierte. Erst in den achtziger

Robert Doisneau: Der Kuss vor dem Hôtel de Ville >>

Jahren wurde das Bild eine Ikone, als eine Posterfirma die Rechte erwarb. Inzwischen hat sich das Foto als Postkarte mehr als 2,5 Millionen Mal verkauft. Die Auflage der Poster überschreitet 400000 Exemplare.

Doisneau war von dem Erfolg dieses Bildes nicht sehr überrascht. Er nannte seine Fotografie einmal *une image pute*, „ein Bild wie eine Nutte, es ist oberflächlich und leicht zu verkaufen." Wie erklärt sich die Popularität des Bildes? Liegt es an der Erotik, die so selbstverständlich wirkt, obwohl sie auf offener Strasse zum Ausdruck kommt? Ist es der nostalgische Charakter einer Schwarzweißfotografie, deren Alter allein durch die Autos im Hintergrund belegt werden kann? Ist es der Hauch von Ewigkeit, der sich mit einer flüchtigen Szene paart? Das Bild erinnert an eine vergessene Zeit und gleichzeitig an die Magie selbst erlebter Momente: Jedes Liebespaar kennt diese Augenblicke, wenn es scheint, als würde die Welt aufhören, sich zu bewegen.

Das Foto „Kuss vor dem Hôtel de Ville" ist zu einem globalen Symbol der Liebe geworden. Paris nutzte den Bekanntheitsgrad der Aufnahme, um damit für die Ausrichtung der Olympischen Sommerspiele 2012 zu werben. Kein Wunder, dass bei so viel Aufmerksamkeit immer wieder juristische Fragen aufgeworfen wurden. So gab es Copyright-Forderungen von angeblichen Passanten auf dem Bild. Und 1988 meldete sich tatsächlich während eines Prozesses das fotografierte Paar: Ihre Liebe hatte nicht gehalten. Jacques Cartaud war inzwischen Winzer in Südfrankreich und Françoise Bornet lebte außerhalb von Paris. Alle Forderungen auf Schadensersatz wurden abgewiesen, doch zumindest für Françoise Bornet gab es im April 2005 ein Happy End. Sie versteigerte ihr Foto vom Kuss für 155000 Euro.

12. UND ICH LIEBE DICH … EBENSO WENIG. SERGE GAINSBOURG UND BRIGITTE BARDOT

Gesellschaftliche Normen und Prozesse wurden nach dem Zweiten Weltkrieg in Frankreich laut in Frage gestellt. So prophezeite 1948 die „Lettristische Bewegung" auf Plakaten im Quartier Latin eine Befreiung des Menschen durch die Veränderung von Zeichen (*lettres*) und Sprache. Einen Skandal löste diese Gruppe am 9. April 1950 aus, als der ehemalige Dominikanermönch Michel Mourre während der Ostermesse in der Pariser Notre-Dame vor etwa 10000 Gläubigen und dem nationalen Fernsehpublikum erklärte, dass Gott tot sei, „damit der Mensch leben kann". Mourre und andere Lettristen konnten von der Polizei geschützt nur knapp einem Lynchmord durch die aufgebrachte Menge entgehen.

Die aus dieser Bewegung hervorgegangene Gruppe der Internationalen Lettristen, deren Mittelpunkt lange das Tonneau d'Or war, eine Kneipe in der 32 Rue de la Montagne-Sainte-Geneviéve, exisitierte bis 1957, als aus ihr die Situationistische Internationale hervorging. Diese avantgardistische Gemeinschaft von europäischen Künstlern und Intellektuellen kritisierte die Monotonie und Vorhersehbarkeit des modernen Alltags und forderte Authentizität. Dem Menschenbild des Homo oeconomicus stellten die Situationisten die Vision des Homo ludens gegenüber, des spielerischen Menschen, der „theoretische und praktische Situationen herstellt", in denen das Leben selbst zum Kunstwerk wird. Diese Ideen sollten traditionelle Vorstellungen von Sexualität, Liebe und Moral ins Wanken bringen.

Die Bewegung spielte während der Studentenunruhen von 1967 und 1968 eine zentrale Rolle. René Viénet, ein Mitlied der Situationisitischen Internationale, war direkt an den Besetzungen an der Pariser Universität Sorbonne beteiligt. Er forderte den Streik in Fabriken und die Abschaffung der Klassengesellschaft durch „Flugblätter, Vorlesungen über Mikrophon, Comics, Lieder, Wandmalereien, Sprechblasen in den Gemälden der Sorbonne, Aufrufe in Kinos während der Filmvorführungen oder dadurch, daß man diese unterbricht, Sprechblasen auf den Plakaten in der Metro; bevor man Liebe macht, nachdem man Liebe gemacht hat, in den Aufzügen." Der *Daily Telegraph* nahm die turbulenten Ereignisse in Paris zum Anlass von einer „neuen Studentenideologie die sich in der Welt verbreitet und die sich Situationismus nennt" zu berichten. Später schrieb Viénet über den Generalstreik in Frankreich: „Die kapitalisierte Zeit stand still. Ohne Zug, ohne Metro, ohne Auto, ohne Arbeit holten die Streikenden die Zeit nach, die sie auf so triste Weise in den Fabriken, auf den Straßen, vor dem Fernseher verloren hatten. Man bummelte herum, man träumte, man lernte zu leben."

1967 markiert in vieler Hinsicht einen Schnittpunkt in der französischen Geschichte. Die eskalierenden Studentenunruhen und Generalstreiks sorgten dafür, dass die Herrschaft Charles de Gaulles bald ein abruptes Ende finden sollte und soziale, politische und kulturelle Reformen eingeleitet wurden. 1967 wurde das Verbot von Verhütungsmitteln in Frankreich aufgehoben. Und es ist das Jahr in dem an einem Wintertag die junge Brigitte Bardot ihren Liebhaber Serge Gainsbourg bat, für sie den schönsten Liebessong aller Zeiten zu komponieren. Noch in derselben Nacht verfasste Gainsbourg „Je t'aime … moi non plus": Ich liebe Dich ... ebensowenig.

Der merkwürdige Titel geht zurück auf einen Kommentar Salvador Dalis. Dieser hatte erklärt „Picasso ist ein Spanier, ich auch. Picasso ist ein Genie, ich auch. Und Picasso ist ein Kommunist, und ich bin es ebensowenig." Der Text ist ebenfalls mehrdeutig: „Je vais et je viens, entre tes reins" („Ich gehe und ich komme, zwischen deinen Lenden"), „Tu es la vague, moi l'île nue" („Du bist die Welle und ich die nackte Insel"), „L'amour physique est sans issue" („die körperliche Liebe ist eine Sackgasse", d.h. hoffnungslos, kinderlos).

Graffiti am Haus von Serge Gainsbourg >>

Kurz darauf nahmen Gainsbourg und Bardot das Lied in einem Pariser Tonstudio auf. Die Arbeiten dauerten kaum zwei Stunden, wobei etliche Minuten mit „heftigem Petting" verbracht wurden, wie ein Toningenieur später erklärte. Das Ergebnis war ein internationaler Skandal. Brigitte Bardot war zu diesem Zeitpunkt mit Gunter Sachs verheiratet. Sachs forderte ein Verbot der Aufnahme. Gainsbourg protestierte mit den Worten, „da schreibe ich zum ersten Mal in meinem Leben ein Liebeslied, und dann diese Reaktion" aber fügte sich. Im folgenden Jahr nahm er das Lied mit seiner neuen Liebhaberin Jane Birkin auf und veröffentlichte es im Februar 1969, versehen mit dem Hinweis „Verboten für unter 21-jährige." Entsetzte Reaktionen führten dazu dass das Lied in Spanien, Schweden, Portugal, Italien, Polen, Brasilien, Grossbritannien und im Vatikan auf den Index gesetzt wurde. Dennoch erreichte es in kürzester Zeit in vielen Ländern den ersten Platz in den Charts und verkaufte sich vier Millionen Mal allein bis 1986, als schliesslich auch die Version Bardot/Gainsbourg veröffentlicht wurde. „Je t'aime, ... moi non plus" gilt als eines der berühmtesten Liebeslieder des 20. Jahrhunderts.

Gainsbourg starb 1991 an einem Herzinfarkt. Zehntausende erwiesen ihm das letzte Geleit zum Montparnasse Friedhof wo sein Grab noch heute viele Besucher anlockt. Überraschender ist der Anblick seines ehemaligen Wohnhauses in der 5bis, Rue Verneuil, im Stadtteil Saint-Germain-des-Prés. In dieser schicken Gegend, in unmittelbarer Nachbarschaft der Galerien der Rue de Seine und vieler Botschaften, werden die Aussenmauern des Hauses noch heute mit bunten Graffitis und Zeichnungen versehen. Von seiner Tochter Charlotte instand gehalten, würde sich kaum jemand trauen, sie zu entfernen. So sind diese Graffitis nicht nur eine Hommage an Serge Gainsbourg und seine Liebschaften, sondern auch ein lebendiges Denkmal jenes anarchistischen und revolutionären Geistes, der die Menschen im Paris der 50er, 60er und 70er Jahre in den Bann zog.

13. UND WIE GEHT ES DER LIEBE HEUTE?

Fast die Hälfte aller Gebäude in der Pariser Innenstadt wurde nach dem Zweiten Weltkrieg errichtet, wobei die moderne Architektur in Paris weniger durch Farbe und Höhe auffällt, als durch die subtile Entkernung, Verlagerung, Vertiefung und Begrünung. Die alten Markthallen im Zentrum der Stadt wurden abgerissen und durch einen Park ersetzt, wo heute die Boule-Spieler ihre Kugeln werfen, während Kinder sich gegenseitig mit dem Wasser der Brunnenanlagen bespritzen. Gleichzeitig rumort es unter ihren Füßen gewaltig, wenn in einer der größten U-Bahn Stationen der Welt der öffentliche Nahverkehr braust. Der „Bauch" von Paris hat sich in den Untergrund verlagert, auf die Autobahnen, die regelmäßig mit Autos verstopft sind, oder gleich in die Banlieue. In den Pariser Vorstädten leben inzwischen fünfmal mehr Menschen, als in der Innenstadt. Viele von ihnen kommen zum Arbeiten nicht mehr ins Zentrum, seitdem die Arbeitgeber erkannt haben, dass es sinnvoller ist, den Firmensitz dort aufzubauen, wo die Angestellten leben. Nirgendwo sonst auf der Erde gibt es eine höhere Konzentration multinationaler Wirtschaftsunternehmen, als im Ballungsraum von Paris. Geruhsamer ist das Leben der Menschen dadurch nicht geworden. Auch in den Vorstädten prägt das sprichwörtliche *Métro-Boulot-Dodo*, also das wiederkehrende „Verkehr-Maloche-Pennen" oft den Tagesablauf.

Und die Liebe? 2007 fand im Maison de la Villette im Osten von Paris eine Ausstellung mit dem Titel „L'amour, comment ça va?" statt, oder „Wie geht's der Liebe heute?" Die Kuratorin Rose-Marie Lagrave betrachtete die Frage soziologisch: „Wir wollen die Besucher verstören. Wir wollen zeigen, wie schwierig es heute geworden ist zu lieben." Die Historikerin Arlette Farge, die an der Ausstellung mitarbeitete, schilderte, dass „im 18. Jahrhundert Männer und Frauen aufgrund all der Kriege und Krankheiten kaum länger als drei oder vier Jahre zusammen lebten. Das Leben war eine einzige Abfolge von Sterben und erneutem Heiraten. Paare haben nie so lange miteinander leben müssen wie sie das heute tun." Wirtschaftliche Faktoren, soziale Veränderungen und die Obsession von Äusserlichkeiten, beschleunigt durch das Internet, haben dazu beigetragen, dass der Raum, der der Liebe zur Verfügung steht, ein anderer geworden ist."

Die Zahlen sprechen für sich: Seit 1975 sind die Scheidungsraten kontinuierlich gestiegen und erreichten 2010 130000. (Pro Jahr werden in Frankreich 240000 Ehen und 205000 Solidaritätspakte (PACS) geschlossen). 2013 wurde die Ehe unter Homosexuellen trotz zahlreicher Proteste und Demonstrationen legalisiert. Waren 1965 nur knapp sechs Prozent aller Kinder in Frankreich ausserhalb einer Ehegemeinschaft zur Welt gekommen, ist diese Zahl seit 2012 auf fast 57 Prozent gestiegen. Seit 2013 kommt der Französische Staat für die Kosten der Pille 15- bis 18-jähriger Mädchen und junger Frauen auf.

Inwieweit diese Entwicklungen die romantische Liebe prägen, ist schwer zu quantifizieren. Da Liebe eine Empfindung ist, und schon immer war, ist die Aussagekraft statistischer Werte begrenzt.

Dass die französische Hauptstadt und die Liebe aber eine wirtschaftlich äußerst erfolgreiche Symbiose eingegangen sind, steht außer Frage. Viele Besucher kommen nach Paris des Mythos der Liebe wegen. Allein auf dem Eiffelturm sollen jedes Jahr mehr als fünftausend Heiratsanträge gestellt werden. Doch die bekannten Sehenswürdigkeiten der „Stadt der Liebe" sind nur ein Teil der Anziehungskraft. Zwischen der Distanz und der Nähe, zwischen der Anonymität einer unergründlich großen Weltstadt und der Erfahrung einer menschlichen Beziehung, öffnet sich der Raum, in dem Paris seine eigenen Geschichten erzählt.

Vielleicht erfährt die Liebe eine ähnliche Entwicklung wie die Architektur der Stadt Paris. Bedrängt von der Umtriebigkeit der Moderne ist sie selbst fast schon ein Mythos. Erst durch das Verknüpfen mit eigenen Erlebnissen kann Paris diesen Mythos wiederbeleben.

Wenn die Liebe auf geheimnisvolle Art und Weise in ein Leben dringt und der Mensch das Mysterium der Liebe erlebt, ohne diesen Vorgang beim Namen nennen zu müssen, kann sich Paris von diesem Mythos lösen. In dem Augenblick, wenn das Gefühl mit dem Traum verschmilzt und sich zu einem großen Ganzen verbindet, wird der Ort unerheblich. Jedes Liebespaar trägt dazu bei, Paris von Neuem als Ort der Träume, als Stadt der Liebe, entstehen zu lassen. Oder, um es mit den Worten des Fotografen Édouard Boubat zu sagen:

Das Liebespaar sitzt noch immer unter der Trauerweide hinter Notre-Dame. Die Liebenden haben sich verändert, aber die Liebe ist immer da und lädt uns ein, den Augenblick zu teilen.

14. DIE ANNÄHERUNG – ANHANG

A)   Wo man in Paris berühmte Liebespaare findet

In der Reihenfolge der Erwähnung

Musée de l'érotisme, 72 Boulevard de Clichy, www.musee-erotisme.com
Musée Guimet, 6 Place d'Iéna, www.guimet.fr
Musée du Quai Branly, 37 Quai Branly, www.quaibranly.fr
Musée du Louvre, www.louvre.fr
Père Lachaise, 16 Rue du Repos, www.pere-lachaise.com
Notre-Dame de Paris, 6 Parvis Notre-Dame, www.notredamedeparis.fr
Basilica Saint-Denis, 1 Rue de la Légion d'Honneur, Saint-Denis, www.saint-denis.monuments-nationaux.fr/en
Sainte-Chapelle, 4 Boulevard du Palais, www. sainte-chapelle. monuments-nationaux.fr
Musée national du Moyen Âge Cluny, 6 Place Paul Painlevé, www.musee-moyenage.fr
Jardin du Luxembourg, www.senat.fr
Versailles, Place d'Armes, Versailles, www.en.chateauversailles.fr
Musée Jacquemart-André, 158 Boulevard Haussmann, musee-jacquemart-andre.com
Schloss Malmaison, Avenue du Château de Malmaison, Rueil-Malmaison, www.chateau-malmaison.fr
Musée Rodin, 79 Rue de Varenne, www.musee-rodin.fr
Musée d'Orsay, www.musee-orsay.fr
Monets Giverny, 84 Rue Claude Monet, Giverny, giverny.org/monet
Opéra de Paris Palais Garnier, www.operadeparis.fr
Musée Picasso, 5 Rue de Thorigny, www.musee-picasso.fr
Centre Georges Pompidou, www.centrepompidou.fr

Hôtel de Ville, 12 Rue du Parc Royal, www.paris.fr
Gainsbourg Haus, 5bis, Rue Verneuil

Einige weitere romantische Orte

Lichterfahrten auf der Seine legen von der Île de la Cité ab, an der Pont Neuf (Vedettes du Pont-Neuf, Square du Vert-Galant täglich 10-22h, 01 46 33 98 38. Oder bei Métro Alma-Marceau täglich von 10h15 bis mindestens 22h30, 0142 25 96 10. Außergewöhnlicher sind die täglich angebotenen dreistündigen Fahrten auf dem Canal Saint Martin. Von der Bastille quer durch den Osten der Innenstadt bis Métro Jaurés mit Canauxrama, 01 42 39 15 00.

Parc Monceau Hier dichtete Kurt Tucholsky
Hier ist es hübsch. Hier kann ich ruhig träumen. Hier bin ich Mensch – und nicht nur Zivilist. Ich sitze still und lasse mich bescheinen, Und ruh von meinem Vaterlande mich aus

Montmartre Ein idealer Spaziergang beginnt an der Métro Abbesses mit der Mur des Je t'aime im kleinen Park direkt an der Métro. Über die Rue des Abbesses in die Rue Tholozé mit dem Kino Studio 28, dann durch die Rue Garreau zum Place Émile Goudeau mit dem Bateau Lavoir. Rauf zur Rue Norvins und nach links in den Park an der Ecke Rue Girardon. Dort befindet sich eine kleine Boulebahn direkt am Denkmal für den Märtyrer St Denis. Weiter durch die Rue de'l Abreuvoir mit der Möglichkeit eines Abstechers in die Rue des Saules, zu Weinberg, Friedhof oder dem kleinen Cabaret zum Lapin Agile („Flinken Hasen"). Zurück durch die Rue Cortot am Musée Montmartre vorbei, wo Auguste Renoir und Suzanne Valadon lebten. Über den Place du Tertre mit einem Abstecher zur Rue Poulbot zum Sacré Cœur.

Marais Von der Place des Vosges bis zur Rue du Temple oder die Rückseite des Centre Pompidou, wobei auch das etwas abseits gelegene Village Saint Paul einen Besuch verdient. Der erste Schachclub der Welt befand sich übrigens im Café de la Regènce an der Place des Vosges. Hier spielten schon Rousseau, Voltaire, Napoleon und Robespierre.

Île de la Cité mit dem Vert Galant Park unterhalb des Denkmals von Henri IV – hier ist der ideale Platz um bei einem Fläschchen mitgebrachtem Wein, etwas Käse und Baguette die Seele baumeln zu lassen.

Île Saint-Louis Romantisch ist das Seineufer, der Square Barye und auf dem linken Seineufer nahe der Universität der Quai Saint-Bernard. Dort treffen sich unter freiem Himmel am Wochenende die Tangotänzer.

Pont des Amoureux (eigentlich Pont des Arts) mit den Liebesschlössern (*cadenas*). Eine andere berühmte Brücke der Liebenden ist die Pont Marie.

Canal Saint-Martin 4,5km lang mit vier Doppelschleusen und vielen Cafés.

Saint-Germain-des-Prés besonders nördlich des Boulevards mit vielen versteckten Plätzen, mittelalterlichen Gassen, Cafés, Teesalons, Restaurants und Jazzlokalen. Im Quartier Latin lohnt die Rue Mouffetard mit ihrer Marktatmosphäre.

Palais Royale Ideal zum Ausspannen. In der Parfumerie Serge Lutens kann man ein eigenes Parfum mischen lassen.

Mur des je t'aime (Mauer der Liebenden) Place des Abbesses >>

B)   Welche Methode der Annäherung die beste ist ...

... sei jedem selbst überlassen. Ethnologen bevorzugen die teilnehmende Beobachtung, Soziologen das Interview und Archäologen und Geschichtswissenschaftler das Abtragen von chronologischen Schichten, ob in natura oder in den Bibliotheken. Ganz so anstrengend muss es natürlich nicht sein und die Pariser selbst wissen oft am besten, wie man sich in ihrer Stadt bewegt. Nachstehend drei Strategien *typiquement Paris* zum Ausprobieren: Le Café, das Flanieren und Le Dérive.

Le Café

Der große Pariskenner Georg Stefan Troller ahnte es: „Das Schauspiel ist auf der Strasse." Und er fügte hinzu: „Menschen vor Fassaden – wenn sie zusammenpassen, so gibt es in darauf abgestimmten Hirnen einen kleinen Stich, und man fühlt, dass man etwas erlebt hat, das echt ist." Über den Wahrheitsgehalt solcher Bonmots sinniert es sich am besten in einem Café, denn wo sonst findet sich im Trubel der Stadt die Muße, in der Geschäftigkeit der Überblick? Gleich, ob man morgens frisch oder verkatert auf die Strasse tritt, nach einem langen Tag ermüdet ist, oder bereits Pläne für den Abend schmiedet – in einem Pariser Café reduziert sich die quirlige Großstadt mühelos aufs menschliche Format. *On s'installe*, sagen die Einheimischen, wenn sie sich in einem Café „niederlassen", und meinen, dass sie nun bereit sind, auf unbestimmte Zeit die Geschwindigkeit des Alltags zu reduzieren. Dazu gehört, dass man Enge in Kauf nimmt und dass körperliche Geschmeidigkeit und Rücksicht gefragt sind, um an einen Tisch zu gelangen. Kippelt der etwa? *Pas de problème*, ruft der Kellner und bemüht sich bereits um die Balance. Et voilá, der Tisch steht, „Bonjour, Madame, Monsieur, was darf es sein?" „Ein Café Crème, eine Tartine, ein Petit Rouge?"

Alles weitere ergibt sich von selbst. Das rosafarbene Licht, das früh am Morgen über die Fassaden der Häuser wandert, während die Straßen von der Stadtreinigung gewaschen werden. Das

Wasser, das gurgelnd die Rinnsteine entlangläuft, bevor es, von einem Lappen blockiert, in einem Loch verschwindet, um unter der Stadt weiter zu strömen. Der Kellner, der die Markisen je nach Tageszeit herauf- und herunterkurbelt, und währenddessen mit einem Bekannten ein paar Worte wechselt. Die Menschen, die sich neben Sie setzen, stundenlang lesen, Sie anreden, oder schweigen. Ist das Café „richtig" ausgesucht, d.h. nach Lage, Klientel und Bedienung, wird sich der „Sinn" von selbst erschließen. Kein Wunder, dass das Café den Parisern heilig ist. Vielleicht probieren Sie einmal aus, ob die Vermutung Trollers noch Gültigkeit hat, dass „die Pariser vor allem die Entdeckungsreisen ins eigene Ich suchen. Manchmal vermutet man, dass sie sich auf ein Liebesabenteuer nur einlassen, um ihre Grenzen abzuschreiten."

Einige Cafés-Terrasses für sonnige Tage

Pause Café, 41 Rue Charonne, Métro Ledru Rollin
Café Beaubourg, oder das Le Georges auf dem Dach des Centre Pompidou, 19 Rue Beaubourg
Le Zyriab, auf dem Dach des Arabischen Kulturinstituts mit Blick auf die Notre Dame, 1, Rue des Fossés-Saint-Bernard
Le Chalet des Îles. Ein Schweizer Chalet an einem See im Bois de Boulogne, erbaut in der Zeit von Napoléon III für die Kaiserin Eugénie. Lac inférieur du Bois de Boulogne, Porte de la Muette, www. chalet-des-iles.com
Café Maure, 39 Rue Geoffroy-Saint-Hilaire, V. In der Moschee von Paris nahe dem Jardin des Plantes. Sehr beliebt bei Touristen.
Café Véry in den Tuileriengärten
Le Sainte-Marthe, am gleichnamigen Platz im 10. Arrondissement. Versteckt und charmant. www.lesaintemarthe.fr
La Mer à Boire, traumhafter Blick, abseits vom allgemeinen Tourismusstrom, 1 Rue des Envierges, la.meraboire.com. Métro Pyrénées
L'Ebouillanté, gegenüber der Kirche Saint-Gervais, 6 Rue des Barres, www.restaurant-ebouillante.fr

Im Luxemburger Garten >>

Café Marly an der Pyramide des Louvre, teuer, aber was für eine Bühne!, 93 Rue de Rivoli, www.beaumarly.com
Café de la Mairie, 8 Place Saint-Sulpice
L'été en pente douce, in einer abgelegenen Ecke des Montmartre, romantisch, 23 Rue Muller
Chez Prune, 36 Rue Beaurepaire, Canal Saint Martin

Und bei schlechtem Wetter
Café Charbon, 109 Rue Oberkampf, Métro Ménilmontant
Café Jacquemart-André im gleichnamigen Museum, 158 Boulevard Haussmann, musee-jacquemart-andre.com
Mini Palais, 3 Avenue Winston Churchill, www.minipalais.com
Café de Flore und Deux Magots – zwei Klassiker bei jedem Wetter, 172 Boulevard Saint-Germain www.cafedeflore.fr, www.lesdeux-magots.fr
Café du Musée de la vie romantique, Teesalon im Wintergarten, 16, Rue Chaptal, Métro Pigalle
Le Procope. Das älteste Café von Paris, 13 Rue de l'Ancienne Comédie, www.procope.com

Flanieren

Vielleicht ist Ihnen gar nicht nach einem Café zumute und sie halten es eher wie Montesquieu, der behauptete: „Cafés sind der Ort wo das Gespräch Realität schafft und wo gigantische Pläne und utopische Träume geboren werden, ohne sich vom Stuhl zu erheben. Wenn ich der Herrscher dieses Landes wäre, würde ich die Cafés schliessen, denn die Leute, die an solchen Orten verkehren, erhitzen sich nur unnötig das Hirn." Teilen Sie seine Meinung, dann entdecken Sie Paris am besten per Metro oder zu Fuß. Doch Vorsicht – um die Gefahr der Erschöpfung nach vielen Kilometern Fußmarsch zu vermeiden, ist neben ausreichender Flüssigkeitszufuhr und bequemem Schuhwerk auch die richtige Geisteshaltung von Bedeutung, wie jeder Pariser nachhaltig versichern wird. Gegen den Menschenstrom anzugehen ermüdet mehr, als sich von ihm treiben zu lassen. Und wenn Sie, statt Schritt zu halten, einfach langsamer als der Durchschnitt gehen, sind sie bereits fast ein Flaneur, bzw. in seiner weiblichen Entsprechung, eine *passante*. Der Flaneur lässt sich vorzugsweise in angenehmer Umgebung langsam von der Menge treiben und betrachtet während des planlosen Daherschlenderns auf möglichst geniesserische Art und Weise die Welt. Die Idee geht auf Edgar Allan Poe zurück, der Begriff auf Baudelaire und das angewandte Konzept auf den Deutschen Walter Benjamin, der von 1927 an eingehende Beobachtungen in den Pariser Passagen des rechten Seine-Ufers machte.

Le Dérive

Ist Ihnen das Flanieren zu langsam und vielleicht auch zu bourgeois, dann halten Sie es wie die Anhänger des Dérive. Die Dériveurs befürworten ein aktiveres, schnelleres und dabei spielerisches „Sich-treiben-lassen" und machen um Unansehnliches keinen grossen Bogen. Ihnen geht es vor allem um die Empfindungen, die urbane Räume während dieser Abenteuer in Ihnen auslösen und die Sie versuchen, mithilfe von Karten festzuhalten. Das ideale Dérive sollte die Möglichkeit eines Zusammentreffens mit anderen Menschen nicht ausschliessen. Solch ein unangemeldetes *rendez-vous possible* verändere nicht nur die Emotion eines Raumes, sondern auch das Individuum selbst. Ivan Chtcheglov, ein Anhänger dieser Bewegung, erklärte bereits in den 50er Jahren: „So werde jeder Mensch in seiner eigenen persönlichen Kathedrale leben mit Räumen in denen Träume produziert werden und wo es unmöglich ist etwas anderes als Liebe zu machen." Ob Chtcheglov hier „Liebe machen" wörtlich nimmt oder ihr einen holistischen Sinn voraussetzt, muss unbeantwortet bleiben. Eine schnellere und akrobatische Weiterentwicklung zum Dérive ist übrigens *Le Parkour*, das in den 90er Jahren in der Banlieue von Paris entstand und durch Szenen im James Bond Film „Casino Royale" weltweite Aufmerksamkeit erhielt.

Die Brücke der Liebesschlösser >>

C) Paris im Film

Apropos James Bond. Wussten Sie, daß Paris die vielleicht wichtigste Filmmetropole der Welt ist? Zugegeben, Hollywood und nunmehr Bollywood produzieren mehr Filme, aber keine Stadt kann eine solche cinematografische Geschichte bieten wie Paris. Am 28. Dezember 1895 begann das kommerzielle Kino neben der Oper im Grand Café auf dem Boulevard des Capucines mit einer Vorstellung der Gebrüder Lumière. Ein Jahr später entstand das erste Filmstudio der Welt in Montreuil und auch heute weist Paris einige Film-Rekorde vor: So beherbergt die von Frank Gehry konzipierte Cinémathèque Française in Bercy (www. cinematheque.fr) das weltgrösste Film-Archiv und keine andere Stadt der Welt bietet eine solche Auswahl an Vorführungen verschiedener Filme (etwa 300 pro Woche). Gerade bei schlechtem Wetter lohnt es sich, die schönsten Kinos der Stadt von innen kennenzulernen, wie etwas das L'Arlequin, 76, Rue de Rennes, das asiatisch inspirierte La Pagode, 57bis, Rue de Babylone (etoile-cinemas.com), das riesige Le Grand Rex an der Metrostation Grand Boulevard (www.legrandrex. com) oder das gemütliche Studio 28 in der 10 Rue Tholozé am Montmartre (cinemastudio28.com), wo sich schon Charlie Chaplin und Eric Rohmer an der Bar um Jeanne Moreau prügelten.

Möchten Sie Filme sehen, die in Paris gedreht wurden, ist die beste Adresse das Forum des Images in den Hallen. (www.forumdesimages. fr). Hier ist eine chronologische Auswahl großer Paris-Filme:

Der Glöckner von Notre Dame (1923) von Wallace Worsley
Mata Hari (1931) von George Fitzmaurice mit Greta Garbo
Ärger im Paradies (1932) von Ernst Lubitsch mit Miriam Hopkins
Phantom der Oper (1943) von Arthur Lubin mit Claude Rains
Kinder des Olymp (Les enfants du paradis, 1943-45) von Marcel
    Carné
Orpheus (1949) von Jean Cocteau mit Jean Marais
Ein Amerikaner in Paris (1951) von Vincente Minnelli mit Gene Kelly

French Cancan (1954) von Jean Renoir mit Jean Gabin and María Félix

Ein süßer Fratz – Funny Face (1956) von Stanley Donen mit Audrey Hepburn und Fred Astaire

Fahrstuhl zum Schafott (1958) von Louis Malle

Mein Onkel (1958) von Jacques Tati

Außer Atem (1960) von Jean-Luc Godard, mit Jean-Paul Belmondo und Jean Seber

Zazie (1960) von Louis Malle

Das Mädchen Irma la Douce (1963) von Billy Wilder mit Jack Lemmon und Shirley MacLaine

Belle de jour – Schöne des Tages (1967) von Luis Buñuel mit Catherine Deneuve

Der eiskalte Engel (Le Samouraï, 1967) von Jean-Pierre Melville mit Alain Delon

Der letzte Tango in Paris (1972) von Bernardo Bertolucci mit Marlon Brando und Maria Schneide

Diva (1981) von Jean-Jacques Beineix

Die letzte Metro (Le Dernier Métro, 1981) von François Truffaut mit Catherine Deneuve and Gérard Depardieu

Die Liebenden von Pont-Neuf (Les amants du Pont Neuf, 1991) von Leos Carax mit Juliette Binoche

Bitter Moon (1992) von Roman Polanski mit Hugh Grant

French Kiss (1995) von Lawrence Kasdan mit Meg Ryan and Kevin Kline

Forget Paris (1995) von Billy Crystal mit Debra Winger

Place Vendôme (1998) von Nicole Garcia mit Catherine Deneuve

Moulin Rouge (2001) von Baz Luhrmann mit Nicole Kidman

The Dreamers (2003) von Bernardo Bertolucci mit Michael Pitt, Eva Green und Louis Garrel

Before Sunset (2004) von Richard Linklater mit Julie Delpy

Paris, je t'aime (2006) 18 Episoden gedreht in 18 verschiedenen Arrondissements

Der Teufel trägt Prada (2006) von David Frankel mit Meryl Streep und Anne Hathaway

2 Days in Paris (2007) von Julie Delpy mit Adam Goldberg and Julie Delpy

Midnight in Paris (2011) von Woody Allen mit Owen Wilson

Andere Filme, die in Paris spielen

Der rosarote Panther (1963) von Blake Edwards mit David Niven and Peter Sellers

Fantomas (1964) von André Hunebelle mit Jean Marais und Louis de Funès

Der Schakal (The Jackal 1973) von Fred Zinnemann mit Edward Fox

Im Angesicht des Todes (1985). Ein James Bond von John Glen mit Roger Moore und Christopher Walken

Prêt-à-Porter (1994) von Robert Altman

Der Hass (La Haine, 1995) von Mathieu Kassovitz. Spielt in der Banlieue

American Werwolf in Paris (1998) von Anthony Waller

Die fabelhafte Welt der Amélie (2001) von Jean-Pierre Jeunet mit Audrey Tautou

Die Bourne Identität (2001) von Doug Liman mit Matt Damon

Das große Rennen von Belleville (Les Triplettes de Belleville, 2003), Zeichentrickfilm

Da Vinci Code – Sakrileg (2006) von Ron Howard mit Tom Hanks, Audrey Tautou und Jean Reno

Das Parfum – Die Geschichte eines Mörders (2006) von Tom Tykwer mit Dustin Hoffman und Ben Whishaw

Ratatouille (2007) von Brad Bird und Jan Pinkava

From Paris with Love (2010) von Pierre Morel mit John Travolta

Ziemlich beste Freunde (Intouchables 2011) von Olivier Nakache und Éric Toledano mit Omar Sy und François Cluzet

Die Schlümpfe 2, (2013) von Raja Gosnell

D)   Die beste Jahreszeit

Paris sei am romantischsten im Mai, schwärmen viele, wenn Blauglockenbäume und Jasmin überschwenglich blühen und duften, und die Tage zu einem Bummel durch die Parks oder entlang der Ufer der Kanäle einladen. Andere schwören auf den Juni, weil die Stadt zur Zeit der kurzen Nächte ausgelassener feiert als sonst, besonders während der Fête de la Musique am 21. Juni. Manche meinen, der Hochsommer sei am besten geeignet, um die französische Metropole zu erkunden, weil dann viele Pariser die Stadt verlassen haben. In dieser Jahreszeit findet das berühmte Dîner en Blanc statt, über deren Ort und Termin die Teilnehmer kurzfristig per SMS informiert werden. (www. dinerenblanc.info). Da es in der Stadt im Sommer recht heiß werden kann, erklärt die Stadtverwaltung Uferabschnitte der Seine zum Strand. Auch das ist eine Pariser Tradition, die inzwischen weltweit kopiert wird.

Andere wieder bevorzugen den Herbst, wenn mit der *rentrée*, dem Zurückströmen von Millionen von Parisern aus dem Urlaub, die Stadt in eine ausgelassene Stimmung versetzt wird und es schier unmöglich ist, an all den Premieren, Vernissagen und Modeschauen teilzunehmen. Im Oktober wird am Montmartre der Wein gelesen (Fête des Vendanges), bevor in der Vorweihnachtszeit die grossen Kaufhäuser, Boulevards und breite Plätze in funkelndes Licht tauchen. Im Winter kommen die Liebhaber der Stadt ohne langes Anstehen in Restaurants, an Museumskassen und in Jazzlokalen auf ihre Kosten. Paris hält keinen Winterschlaf. Es zelebriert sich gekonnt zu allen Jahreszeiten.

Wer gerne wissen möchte, was in Paris los ist, um den Aufenthalt mit Events zu verbinden, dem sei das *L'Officiel du Spectacle* empfohlen, das örtliche Veranstaltungsprogramm. Erhältlich ist das Magazin an jedem Kiosk, auch an den Bahnhöfen und Flughäfen. Und natürlich im Internet: www.offi.fr. Es erscheint jeden Mittwoch, kostet kaum mehr als einen halben Euro, und führt alles auf, was in Paris passiert, von Festivals, zu Kinofilmen, Konzerten, Theateraufführungen und Ausstellungen, bis hin zu aktuellen Öffnungszeiten.

Am Musée Carnavalet >>

E) Einige Adressen

Charmante Hotels in Paris

Bei 33 Millionen Touristen im Jahr fällt die Auswahl des richtigen Hotels nicht leicht. Nachstehend eine kleine Auswahl bezahlbarer Etablissements:

Abbaye, 10 Rue Cassette, www.hotelabbayeparis.com
Boileau, 81 Rue Boileau, www.hotel-boileau.com
Crayon, Designer-Hotel, 25 Rue du Bouloi, www.hotelcrayon.com
Eldorado, 18 Rue des Dames, www.eldoradohotel.fr
Grandes Ecoles, 75 Rue du Cardinal Lemoine, www.hotel-grandes-ecoles.com
Jardin de Villiers, 18 Rue Claude Pouillet, www.jardindevilliers.com
Jeu de Paume, 54 Rue Saint-Louis en l'Île, www.jeudepaumehotel.com
Le Relais Montmartre, 6 Rue Constance, hotel-relais-montmartre.com
Marroniers, 21 Rue Jacob, www.hoteldesmarronniers.com
Secret de Paris, 2 Rue de Parme, www.hotel-design-secret-de-paris.com
Yacht Hotel VIP Paris, Hausboot, 9 Port de la Rapée, www.le-vip-paris.com

Nobelhotels in Paris

Einige Hotels mit prachtvollen Salons, eleganten Foyers, Restaurants, Bars und viel Geschichte:

Le Bristol, 112 Rue du Faubourg Saint-Honoré, www.lebristolparis.com
George V, 31 Avenue George V, www.fourseasons.com/paris
Lutetia, 45 Boulevard Raspail, lutetia.concorde-hotels.fr
Meurice, 228 Rue de Rivoli. Hier feierten schon Pablo Picasso und Olga Kolkova ihre Hochzeit, www.lemeurice.com
Montalembert, 3 Rue de Montalembert, VII, www.montalembert.com
Plaza Athénée, 25 Avenue Montaigne, www.plaza-athenee-paris.com

Ritz, 15 Place Vendome, www.ritzparis.com
Raphael, 17 Avenue Kléber, www.raphael-hotel.com
Saint James, 43 Avenue Bugeaud, 16, www.saint-james-paris.com

Restaurants für besondere Gelegenheiten

L'Abeille, 10 Avenue d'Iéna
Alain Ducasse au Plaza Athénée, 25 Avenue Montaigne,
www.alain-ducasse.com
L'Ambroisie, 9 Place des Vosges, www.ambroisie-paris.com
Arpège, 84 Rue de Varenne, www.alain-passard.com
Épicure, 112 Rue Faubourg St-Honoré, im Hotel Bristol,
www.lebristolparis.com
Lasserre auf den Champs Elysees, 17 Avenue Franklin Roosevelt,
www.restaurant-lasserre.com
Le Grand Véfour, 17 Rue de Beaujolais, im Palais Royale,
www.grand-vefour.com
La Table du Lancaster, im Hotel Lancaster, 7 Rue de Berri,
www.hotel-lancaster.fr
Le Cinq, 31 Avenue George V, www.fourseasons.com/paris
Le Jules Verne, auf der 2. Etage im Eiffelturm,
www.lejulesverne-paris.com
Le Meurice, 228 Rue de Rivoli, www.lemeurice.com
Ledoyen, 8 Avenue Dutuit (carré Champs-Élysées),
www.pavillonledoyen.com
Le Pré Catelan, Im Bois de Boulogne,
www.precatelanparis.com
Taillevent, 15 Rue Lamennais, www.taillevent.com

Paris bei Nacht

Von Lido bis zur Kneipe nebenan. Nachfolgend einige Anschriften.
Mehr findet man im *L'Officiel du Spectacle* www.offi.fr

La Java, 105 Rue du Faubourg du Temple, www.la-java.fr

La Marroquinerie, 23 Rue Boyer, www.lamaroquinerie.fr

Divan du Monde, 75 Rue des Martyrs, www.divandumonde.com

Le Depot, gay, 10 Rue aux Ours, www.ledepot.com

Le Petit Journal Montparnasse, 13 Rue du Commandant René Mouchotte, www. petitjournalmontparnasse.com

Jazz Club Étoile, 81 Boulevard Gouvion-Saint-Cyr

Le Barrio Latino, 46 Rue du Faubourg Saint-Antoine, www.barrio-latino.com

Club Silencio, designed von David Lynch, 142 Rue Montmartre, silencio-club.com

Caveau de la Huchette, 5 Rue de la Huchette, www.caveaudelahuchette.fr

Sunset & Sunside Jazz Club, 60 Rue des Lombards, www.sunset-sunside.com

Le Duc des Lombards, 42 Rue des Lombards www.ducdeslombards.com

Cabaret Sauvage, Parc de la Villette, 211 Avenue Jean Jaurès, www.cabaretsauvage.com

Olympia, 28, Boulevard des Capucines, www.olympiahall.com

New Morning, 7 & 9, Rue des Petites Écuries , www.newmorning.com

Zenith, Parc de la Villette, www.zenith-paris.com

Weitere Publikationen von Bernd Bierbaum

Äthiopien - Zwischen Himmel und Erde. Erschienen in der französischen Übersetzung Éthiopie - entre ciel et terre bei Éditions du Sextant, Paris. Weitere Übersetzungen liegen auf Spanisch und Englisch vor. BoD

Olhares Próximos: Encontro entre Antropólogos e Índios Pataxó, A Antropologia do Bom-Senso (erschienen auf Portugiesisch, 2012), BoD

Südafrika: Eine Bilderreise (Co-Autor), erschienen auf Deutsch und Niederländisch, 2009), National Geographic

Zusätzliche Informationen zum Autor finden sie auf www.berndbierbaum.com